FOLIO JUNIOR
Les universels

Dans la même collection

Héros de la mythologie grecque
Ancien Testament I
Tristan et Iseut

A paraître prochainement

Ancien Testament II
L'Odyssée
Le Coran
Héros de la mythologie romaine

Collection dirigée par Claude Gutman

Présentation générale

Qu'ils soient nommés « fondateurs », « fondamentaux », « essentiels »..., certains livres ont eu une telle importance dans l'histoire des civilisations, à différents moments de leur existence, qu'il semble indispensable d'en proposer la lecture, permettant ainsi au lecteur de posséder les outils nécessaires pour déchiffrer le monde qui l'entoure. Si un « cheval de Troie » attaque son ordinateur, c'est que l'*Iliade* et l'*Odyssée* continuent toujours à nous solliciter.

Offrir ces textes universels, c'est mesurer le chemin parcouru depuis leur naissance, en revenant aux sources, pour montrer ce qu'ils étaient précisément, dépouillés de toutes les déformations subies par les siècles. C'est cesser de confondre les œuvres elles-mêmes avec les commentaires, histoires, légendes qui les accompagnent.

Nous retournerons donc aux textes, à leur authenticité chaque fois que nous le pourrons, sans nous interdire, s'il le faut, d'autres formes d'approches plus aptes à présenter ces textes universels à un vaste public. Nous nous fonderons, autant que faire se peut, sur les textes originaux (en hébreu, grec, latin, chinois...) dans des traductions nouvelles écrites dans un français contemporain et compréhensible. Ni savant, ni démagogique, dans le respect du lecteur et des œuvres, Folio Junior Les universels forme l'entreprise d'offrir à la lecture contemporaine des ouvrages parfois vieux de plusieurs milliers d'années et qui sont le socle de notre culture qu'on ne saurait limiter au monde occidental. Il est des « essentiels » comme la Bible ou le Coran... Il en est d'autres d'Asie, d'Amérique du Nord ou du Sud, des pays nordiques, d'Afrique... qui méritent tout autant d'attention. Nous ne nous interdisons aucune piste pour offrir aux lecteurs ces assises culturelles sans lesquelles nous ne serions pas qui nous sommes.

Notre volonté sera marquée par la simplicité, la lisibilité. Nous voulons donner envie de lire.

A celui qui voudrait approfondir ses savoirs, un cahier illustré - qui ne prétend à aucune exhaustivité - donnera quelques clés nécessaires pour décrypter les œuvres d'art qui l'entourent et qui sont nées de ces textes. Qu'en est-il de la peinture, de la littérature, de la sculpture, de la musique, du cinéma, de la publicité... issus de ces ouvrages qu'on croit arides, à tort ? Rien de rebutant, rien de pédant : juste quelques pistes pour aller plus loin. Si nous y parvenons, ce sera un pas fait vers les autres, leurs cultures, par le biais des textes. Se réapproprier son héritage culturel et s'ouvrir à celui des autres : un objectif à la fois modeste et ambitieux. C'est le pari de Folio Junior Les universels.

Claude Gutman

L'Iliade

Homère

Traduit et adapté
du grec
par Chantal Moriousef

GALLIMARD JEUNESSE

Préface

L'*Iliade*, qui raconte la dixième année de la guerre de Troie, est le premier poème épique européen conservé. Avec l'*Iliade*, Homère a inventé la notion de héros.

Avec ses 24 chants et ses 15 537 vers, cette épopée qui daterait du VIIIe siècle av. J.-C. est d'abord une œuvre orale que les aèdes récitaient. Ils retenaient le texte par cœur et inventaient aussi au fur et à mesure. On pense que le texte définitif s'est fixé progressivement.

On attribue l'*Iliade* à Homère, aède présumé aveugle (Homère signifie « aveugle » en grec) dont sept cités grecques se disputent la naissance.

L'histoire mythique de la guerre de Troie, déclenchée par la belle Hélène, a cependant quelque fondement historique. En effet, en juin 1873, un archéologue allemand, Heinrich Schliemann, découvre des vestiges du site de Troie à Hissarlik en Turquie. Ses fouilles, bien que contestées, vont révéler neuf cités successives et attestent une probable invasion des Grecs. Le motif de la guerre est sans doute économique vu la richesse et la situation géographique de Troie. A moins qu'il ne s'agisse d'une simple expédition de pillage.

L'*Iliade* est une œuvre d'une actualité criante et troublante qui nous parle de la guerre et de la condition humaine. Elle nous montre des hommes victimes des dieux et de leur destin, émouvants dans leur malheur. L'*Iliade* touche à l'universel.

Tout le monde connaît cette histoire légendaire. Dans la mémoire collective, Cassandre et ses prophéties, la mort d'Achille par une flèche au talon et le cheval de Troie appartiennent à l'*Iliade*. Ce ne sont que des idées reçues. L'*Iliade* se termine par les funérailles d'Hector. Achille meurt bien après et le cheval de Troie ainsi que les prophéties de Cassandre n'apparaissent que dans d'autres textes.

Il est grand temps de nous plonger dans ce récit, connu et méconnu à la fois, dont les artistes n'ont cessé de s'emparer jusqu'à aujourd'hui, source d'inspiration inépuisable. Embarquons donc pour Troie et rejoignons Hélène, Hector, Achille, Agamemnon, ces héros aux noms évocateurs et glorieux qui exercent toujours sur nous une égale fascination.

Carte de la Grèce archaïque et de Troie

MER NOIRE
Thrace
Hellespont
Troie
(Ilion)
Phrygie
Dardanie
Mysie
Lesbos
Lydie
Ionie
Carie
Lycie
HELLESPONT
MER ÉGÉE
Simoïs
Troie
(Ilion)
Scamandre
DARDANIE

Les acteurs de la guerre de Troie

Troie, Priam et les siens

Troie : aussi appelée Ilion en référence à une légende qui faisait d'Ilos son fondateur. C'est Ilion qui a donné son nom à l'Iliade.

Troie est une ville du nord-ouest de l'Asie Mineure (Turquie actuelle), située à 5 kilomètres de la mer Égée, à l'entrée de l'Hellespont (détroit des Dardanelles). Elle est bâtie sur une colline entre le Scamandre et le Simoïs, deux fleuves qui arrosent sa plaine nommée Troade, délimitée par Lesbos et la Phrigie, et dominée au sud et au sud-est par le mont Ida.

Elle est construite sur une colline fortifiée par de solides et hauts remparts. Cette belle cité aux larges avenues renferme des maisons, bâties en terrasses et dominées par le palais du roi.

L'*Iliade* commence à la dixième année de siège de la cité de Troie par les Achéens.

Dardaniens : ce sont les habitants de la Dardanie dont Troie est la capitale.

Priam : roi de Troie et fils de Laomédon, il a 50 fils et plus de 20 filles.

Hécube : reine de Troie et seconde épouse de Priam.

Pâris : deuxième fils de Priam, par qui le malheur va s'abattre sur Troie (voir l'introduction).

Hector : fils de Priam et d'Hécube, guerrier intrépide

qui va succomber sous les coups d'Achille. Sa femme, **Andromaque**, lui a donné un fils appelé **Astyanax**, le « roi de la cité ».

Déiphobos : fils de Priam. C'est le frère préféré d'Hector.

Polydamas : fils de Panthoos. Ce guerrier troyen va proposer un plan pour attaquer le fameux mur des Achéens.

Énée : fils d'Anchise et d'Aphrodite, il est l'époux de Créüse, une fille de Priam.

Les alliés des Troyens : ce sont les Dardaniens, les Lyciens, les Phrygiens et les Thraces.

Les Achéens, les Argiens, les Danaens et leurs héros

Achéens : un des premiers peuples indo-européens qui s'est installé en Grèce. Homère appelle Achéens tous les Grecs qui participent à la guerre de Troie. Les Achéens élèvent des bœufs, des moutons et des chevaux, bien sûr. Ils travaillent le bronze et le cuivre. Ils sont, en général, blonds, comme Ménélas, portent les cheveux longs et se laissent pousser barbe et moustache.

Argiens : autre nom qu'Homère utilise pour parler des Grecs. Ce sont les habitants d'Argos, et, plus largement les habitants du Péloponnèse, la Grèce péninsulaire. L'Argolide se situe au nord-est du Péloponnèse. Argos, Épidaure, Mycènes et Tyrinthe sont ses villes principales.

Danaens : autre nom qu'Homère utilise pour parler des Grecs. Ce nom fait référence à un roi légendaire, Danaos, roi d'Argos.

Ménélas : roi de Sparte, époux de la belle Hélène et frère d'Agamemnon.

Agamemnon : roi de Mycènes, frère de Ménélas. C'est lui qui prend la tête de la guerre contre Troie pour venger son frère Ménélas. C'est lui aussi qui accepte de sacrifier sa fille Iphigénie pour que la flotte grecque puisse partir pour Troie.

Hélène : épouse de Ménélas. C'est une femme d'une extrême beauté. Elle suit Pâris jusqu'à Troie, elle est celle par qui le scandale arrive.

Ulysse : roi d'Ithaque, héros rusé qui trouvera l'idée du fameux cheval de Troie. Son histoire est racontée dans l'*Odyssée* par Homère.

Achille : fils d'un mortel, Pélée, et d'une déesse, Thétis, il n'est pas immortel car sa mère, en le trempant dans les eaux du Styx, pour le rendre invulnérable, le tenait par le talon. C'est donc là son point faible. Il est le roi des Myrmidons.

Patrocle : c'est le meilleur ami d'Achille. Il va porter les armes d'Achille, à la tête des Myrmidons, et sera tué par Hector. Sa mort va décider Achille à reprendre le combat.

Les Ajax : ils sont deux à porter le même nom mais ne sont pas de la même famille. Ils se battent ensemble contre Troie. L'un est le fils d'Oïlée, l'autre de Télamon. Le fils de Télamon est considéré comme le plus valeureux guerrier grec après Achille et c'est le plus célèbre des deux Ajax.

Diomède : roi d'Argos, fils de Tydée.

Nestor : roi légendaire de Pylos. C'est le plus sage des guerriers et le plus âgé aussi.

Antilochos : c'est le fils de Nestor.

Généalogie des acteurs de *L'Iliade*

Du côté des Troyens

Priam, roi de Troie époux d'**Hécube**

parents de

Cassandre **Déiphobos** **Pâris**, amant d'Hélène **Hector**, époux d'**Andromaque**

parents d'**Astyanax**

Lycaon est le demi-frère d'Hector et de Pâris : son frère est Priam et sa mère Laothoé, il sera tué par Achille au chant XXI.

Énée, fils d'Anchise et d'Aphrodite, est l'époux d'une fille de Priam, Créüse.

Du côté des Grecs

Atrée, roi légendaire de Mycènes
père de

Ménélas **Agamemnon**

Hélène est l'épouse de **Ménélas**, roi de Sparte.

Agamemnon,
roi légendaire d'Argos
et de Mycènes
époux de **Clytemnestre**
parents de

Iphigénie **Électre** **Oreste**

Pélée, roi de Phtie **Thétis**, déesse marine
parents d'**Achille**

Les dieux de l'Olympe dans *L'Iliade*

Ce sont eux qui tirent les ficelles de cette histoire. Ils agissent un peu comme des marionnettistes du haut de l'Olympe. Les hommes, Grecs ou Troyens, réduits à l'état de marionnettes, agissent selon le bon vouloir des dieux.

En empruntant une autre image, on a souvent parlé d'un jeu d'échecs où les héros de l'*Iliade* seraient des pions poussés par les dieux. Soit. Tout cela revient à dire que l'homme, en général et en particulier dans la guerre de Troie, n'échappe pas à un destin qui lui est assigné.

Ce qui fait la particularité des dieux de l'*Iliade*, c'est qu'ils se comportent exactement comme des humains. Eux-mêmes sont en désaccord perpétuel, se disputent et en viennent même aux mains (on se rapportera à un épisode mémorable du chant XXI où Zeus s'amuse de voir Arès et Athéna s'empoigner).

Ainsi, s'ils prennent parti pour les Grecs ou les Troyens, c'est moins par intérêt ou amour pour les uns ou pour les autres que par rapport à leurs querelles personnelles. Par exemple, Héra et Athéna s'opposent à Pâris parce qu'il leur a préféré Aphrodite. Zeus prend souvent parti contre l'un ou l'autre parce qu'il se fâche avec Héra, son épouse, et prend donc le contre-pied de ce qu'elle décrète. Il est d'ailleurs toujours partagé et l'on assiste à un nombre incroyable de débats et de disputes entre les dieux avant qu'ils ne se décident à aider les Grecs ou les Troyens.

Généaloge des dieux principaux de l'Olympe

Gaia **Ouranos**

parents de

Rhéa **Cronos**

parents de

Poséidon **Hadès** **Zeus** **Héra** **Hestia** **Déméter**

Zeus père de

Athéna
Apollon
Artémis
Hermès
Aphrodite
Dionysos
Perséphone

Zeus et Héra parents de

Arès
Hébé
Héphaïstos

Du côté des Grecs

Athéna : déesse de la Sagesse et de la Guerre.
Héra : déesse du Mariage et de la Famille.
Hermès : messager des dieux, patron des commerçants.
Héphaïstos : dieu du Feu, des Volcans et des Forgerons.
Poséidon : dieu des Mers et des Océans.

Du côté des Troyens

Aphrodite : déesse de la Beauté et de l'Amour.
Apollon : dieu de la Beauté, du Soleil, des Arts, de la Médecine.
Arès : dieu de la Guerre.
Artémis : déesse de la Lune et de la Chasse.
Scamandre : dans l'*Iliade,* c'est un fleuve divinisé (appelé aussi Xanthe).

Zeus, dieu souverain de l'Olympe, «roi des hommes et des dieux», est à la fois spectateur et arbitre. Il prend le parti soit des Grecs soit des Troyens.

Introduction

Selon la tradition, Priam, roi de Troie, est confronté à un grave problème avant la naissance de Pâris, son second fils. Hécube, sa femme, fait un rêve étrange. Elle met au monde une torche enflammée qui embrase Troie. Priam interroge les devins qui affirment que ce fils causera la ruine de la cité. Priam expose donc dans la montagne son fils, nouveau-né[1] : il est recueilli par un berger qui l'élève. Plus tard, il est reconnu comme le fils de Priam et regagne le palais de son père. Un jour qu'il se promène sur la colline de l'Erreur, il voit arriver trois superbes femmes accompagnées du dieu Hermès. Ce sont les déesses Athéna, Héra et Aphrodite qui lui racontent qu'au cours d'un banquet sur l'Olympe, la déesse de la Discorde, Iris, a lancé au milieu des convives une pomme d'or portant l'inscription : « A la plus belle ». Le festin tourne à la dispute car chacune des déesses s'estime la plus belle et comme les dieux ne veulent pas se prononcer, Zeus décide que ce sera à Pâris d'en décider. Chaque déesse défend sa cause devant le jeune prince embarrassé. Héra lui promet la puissance, Athéna la sagesse et la victoire au combat.

Aphrodite, elle, lui promet l'amour de la plus belle

1→ Coutume favorisée par la loi dans la Grèce antique : l'enfant dont la famille ne peut ou ne souhaite pas l'élever est en principe exposé le cinquième jour après sa naissance, emmailloté et dans une corbeille, devant un temple en général pour qu'il ait des chances d'être adopté. C'est un peu différent dans le cas précis de Pâris car l'enfant risquait d'être dévoré par des bêtes sauvages.

mortelle, Hélène de Sparte. Pâris décide qu'Aphrodite est la plus belle. Or Hélène est mariée à Ménélas depuis dix ans déjà. Lors d'une visite de courtoisie, Pâris est reçu à Sparte par Ménélas et c'est le coup de foudre : Pâris décide d'enlever Hélène qui réunit ses bijoux et ses affaires et part sans le moindre regret. Troie se réjouit d'accueillir cette femme si belle. Seule la prophétesse Cassandre, une sœur de Pâris, a un sombre pressentiment. Et elle n'a pas tort : Ménélas, furieux, veut reprendre sa femme et persuade, non sans mal, son frère Agamemnon et toute l'armée des Achéens d'entrer en guerre contre Troie pour récupérer Hélène. L'*Iliade* commence à la fin de la neuvième année de combat devant Troie.

C'est un aède[1] qui chante et raconte cette histoire.

1→ Un aède, dans l'Antiquité grecque, est un poète qui se déplace de ville en ville, invité par les rois ou les princes, pour chanter les exploits guerriers. Il s'accompagne généralement d'une cithare.

Chant I

La peste Apollon manifeste une immense colère contre Agamemnon qui a fait prisonnière[1] la jeune Chryséis, fille du grand prêtre d'Apollon. Or le grand prêtre veut récupérer sa fille en échange d'une énorme rançon. Agamemnon refuse catégoriquement. Aussi, Apollon se venge et déclenche la peste sur l'armée achéenne[2]: les hommes ne cessent de mourir et les bûchers funèbres[3] n'arrêtent pas de brûler.

La querelle Cela dure depuis neuf jours. Au dixième, Achille convoque le peuple en assemblée. C'est Héra qui lui a suggéré cette idée car elle a en assez de voir mourir les Danaens[4].

Achille se lève et dit :

– C'est en vaincus que nous allons rentrer chez nous si nous parvenons à échapper à la mort, que ce soit par la peste ou par la guerre. Interrogeons un devin, un prêtre ou un interprète des rêves pour savoir d'où vient la colère d'Apollon. […]

Calchas, le meilleur devin qui interprète le présent, le futur et le passé […], se lève et dit avec sagesse :

1→ Les Grecs faisaient prisonnières des femmes qui leur plaisaient et c'était leur part du butin de guerre.

2→ Achéens : nom que se donnaient les Grecs à l'époque d'Homère.

3→ Les Grecs brûlaient leurs morts après leur avoir rendu les derniers honneurs.

4→ Nom que se donnaient les Grecs à l'époque d'Homère en rapport avec le légendaire roi Danaos.

– Je veux bien te donner l'explication mais tu dois d'abord me promettre que tu me protégeras car, en parlant, je vais sans doute irriter quelqu'un dont le pouvoir est immense, un roi à qui obéissent tous les Achéens. [...] Dis-moi si tu es prêt à me protéger.

Achille aux pieds rapides[1] lui répond :

– Rassure-toi et dis-nous franchement ce que tu sais [...] ; tant que je vivrai, nul ne portera la main sur toi, même si c'est Agamemnon que tu désignes, lui qui se vante d'être le meilleur d'entre nous.

Rassuré, le devin répond :

– Le dieu Apollon se plaint car Agamemnon a offensé son prêtre en refusant la rançon qu'il offrait contre sa fille et il poursuivra sa vengeance tant que les Danaens n'auront pas rendu la jeune fille à son père, sans marchandage ni rançon, et qu'ils n'auront pas conduit à Chryséis une hécatombe[2] sacrée.

Alors se lève le fils d'Atrée[3], le puissant Agamemnon,

1→ « Aux pieds rapides » : c'est ce qu'on appelle une épithète homérique. Homère utilise des expressions poétiques qui caractérisent les dieux et les héros. Ces formules sont répétées presque à chaque fois que le dieu ou le héros est cité.

2→ Mot grec qui veut dire « sacrifice de cent bœufs » et par extension « d'un grand nombre d'animaux ». Chez les Grecs anciens, le sacrifice était une cérémonie qui avait lieu lors des fêtes religieuses ou quand le malheur frappait. Les Grecs anciens pensaient que les dieux, sensibles aux offrandes des humains, réaliseraient leurs vœux. Des animaux étaient alors égorgés et cuits. Certains morceaux étaient offerts aux dieux et le reste était distribué aux prêtres et aux participants.

3→ Agamemnon est le fils d'Atrée, roi légendaire de Mycènes, qui est connu pour la vengeance qu'il a imaginée contre son frère Thyeste qu'il haïssait. Atrée fait semblant de se réconcilier avec son frère et lui offre un banquet au cours duquel il lui sert à manger ses enfants qu'il a tués. A la fin du festin, Atrée fait apporter à son frère les têtes de ses enfants. Thyeste, fou de douleur, va maudire la descendance d'Atrée.

fou de rage et les yeux foudroyants. Il jette d'abord son regard mauvais sur Calchas :

– Prophète de malheur, tu ne m'as jamais rien dit d'agréable. Tu as toujours un malin plaisir à me prédire le malheur. Tu ne m'annonces jamais rien de bon. Et aujourd'hui encore, tu viens dire, devant les Danaens, que tout est de ma faute [...]. Je veux bien rendre Chryséis si c'est la meilleure solution, parce que je préfère voir mon armée saine et sauve mais alors, trouvez-moi très vite une autre part d'honneur[1] car, sinon, je serais le seul Argien[2] à en être privé et ce ne serait pas juste !

Alors le divin Achille aux pieds rapides répond :

– Illustre fils d'Atrée, il n'y a pas pire rapace que toi ! Comment veux-tu que les Achéens te donnent une autre part ? Nous n'avons pas d'autre butin et tout ce qui a été pillé dans les villes a été partagé. Laisse cette femme au dieu et nous, les Achéens, nous te le rendrons au triple et au quadruple si Zeus nous permet de ravager Troie.

Et Agamemnon de répliquer :

– N'imagine pas que tu vas me convaincre, Achille ! [...] Tu voudrais garder ta part alors que je serais privé de la mienne ? Et c'est pourquoi tu veux que je rende cette femme ? Non, tant que les Achéens ne me donneront pas l'équivalent. Si c'est un refus, je viendrai prendre ta part ou celle d'Ajax ou celle d'Ulysse. Mais nous verrons plus

1→ Part du butin de guerre strictement réservée à un guerrier. C'est généralement une femme choisie par le héros en question, des œuvres d'art, etc.

2→ Habitant de la cité d'Argos, et par extension, de la région du Péloponnèse. Argos désigne souvent plus généralement la Grèce.

tard. Pour le moment, tirons le vaisseau noir, embarquons une équipe de rameurs, une hécatombe et faisons monter à bord la jolie Chryséis ; qu'un membre du conseil, Ajax, Idoménée, Ulysse ou toi-même Achille, prenne les opérations en main afin d'accomplir le sacrifice qui apaisera Apollon.

Achille lui jette un regard noir :

– Insolent, tu ne penses qu'au butin ! Comment veux-tu qu'un Achéen t'obéisse de bon cœur [...] ? Car, enfin, les Troyens ne m'ont rien fait à moi [...]. Nous t'avons suivi, face de chien, pour te plaire et pour venger Ménélas. Mais c'est le dernier de tes soucis ! Et tu menaces de m'enlever ma part d'honneur alors qu'au combat, c'est moi qui fais tout le travail et que c'est toi qui as la plus grosse part au moment du partage. Ma part est petite mais j'y tiens. Cette fois, je retourne chez moi sur mes vaisseaux recourbés car je n'ai pas l'intention de rester ici, humilié et juste bon à amasser ta fortune !

Agamemnon lui rétorque :

– Fuis donc, si tu en as envie. Je ne te supplierai pas de rester ici pour me plaire. [...] Tu es vraiment le plus odieux de tous les rois issus de Zeus. Tu n'aimes que les querelles, les guerres et les combats. Pourtant, si tu es fort, ce n'est qu'aux dieux que tu le dois... Rentre chez toi avec tes vaisseaux et tes compagnons régner sur les Myrmidons[1] : je me moque de toi et de ta rancune. Mais écoute bien ma menace. Si Apollon m'enlève Chryséis, je la ferai

1→ Au départ, ce sont des fourmis... Dans l'*Iliade*, ce sont des guerriers, très nombreux, qui habitent la Thessalie, une région de la Grèce, et Pélée, le père d'Achille, était leur roi.

ramener par mes hommes mais, à mon tour et en personne, j'irai jusqu'à ton baraquement prendre la jolie Briséis[1], ta part d'honneur, et on verra bien alors qui est le plus puissant des deux.

La douleur s'empare d'Achille qui hésite entre tuer Agamemnon et calmer sa colère [...].

C'est alors qu'Athéna vient du ciel, visible du seul Achille. Elle touche ses cheveux blonds et lui demande de réprimer sa fureur et de se contenter d'offenser Agamemnon en paroles.

Alors Achille s'adresse ainsi à Agamemnon :

– Sac à vin ! Œil de chien et cœur de cerf ! [...] Tu n'as jamais vraiment eu le courage de combattre revêtu de ton armure avec la troupe... Il est plus facile de s'emparer, sans bouger, de la part du butin de celui qui ose te contredire, roi dévoreur de ton peuple car tu règnes sur des moins-que-rien ! Mais je t'en fais le serment, par ce bâton percé de clous d'or[2], le jour viendra où les Achéens regretteront Achille et tu ne pourras pas leur être utile alors qu'ils mourront en masse et, au plus profond de toi, tu regretteras de n'avoir pas su traiter comme il fallait le plus brave des Achéens.

1→ Jeune prêtresse d'Apollon, troyenne, cousine d'Hector qu'Achille a enlevée comme prisonnière.

2→ Ce bâton de bois décoré sert de sceptre ; il est remis successivement à chacun des chefs qui se lève pour parler. Le sceptre est un bâton de commandement, le signe de l'autorité suprême.

Après de copieuses insultes, Achille retourne à son campement. Agamemnon met à la mer un vaisseau rapide, y fait monter vingt rameurs, Chryséis, y embarque une hécatombe pour le dieu Apollon et met Ulysse aux commandes. Les guerriers purifient leurs corps et sacrifient les animaux à Apollon.

Achille offensé

Mais Agamemnon n'oublie pas la menace faite à Achille. Il envoie deux messagers au campement d'Achille pour qu'il leur livre sa prisonnière, Briséis. Achille demande à Patrocle[1] de s'en charger, il laisse Briséis s'en aller mais il prévient les messagers qu'il ne combattra plus désormais.

Achille alors se met à pleurer et à l'écart va s'asseoir au bord de la mer [...], il supplie sa mère :

– Si tu m'as donné la vie pour une existence trop courte, qu'au moins Zeus tout-puissant me donne la gloire ! [...] Or me voilà insulté et dépouillé par Agamemnon !

Du fond, sa mère[2] vient rejoindre son fils en larmes, le caresse et lui demande de se confier.

Achille raconte alors à sa mère Thétis tout ce qui vient de se passer et lui demande d'intervenir auprès de Zeus en lui rappelant qu'elle lui a rendu service autrefois. Il voudrait qu'elle demande à Zeus

1→ C'est le fidèle compagnon d'Achille, son ami le plus cher.
2→ Thétis est la mère d'Achille, c'est une déesse marine (Néréide) qui a épousé un mortel, le roi Pélée.

de donner l'avantage aux Troyens afin qu'Agamemnon, voyant périr les siens, se rende compte de son erreur de l'avoir déshonoré, lui Achille.

Thétis lui répond en pleurs :

– Hélas ! pourquoi t'avoir mis au monde, t'avoir élevé [...] puisque te voilà voué non seulement à une mort rapide et que tu es malheureux comme les pierres ? [...] J'irai moi-même vers l'Olympe neigeux porter ta plainte et on verra si Zeus l'écoute. Toi, garde ta colère envers les Achéens et reste auprès des vaisseaux, à l'écart des combats. Zeus est parti hier chez les Éthiopiens pour prendre part à un banquet avec tous les autres dieux et dans douze jours, il retournera sur l'Olympe. J'irai alors le trouver, j'embrasserai ses genoux et je pense qu'il m'écoutera.

Ulysse remet au prêtre la jeune et jolie Chryséis et offre l'hécatombe au dieu Apollon qui, satisfait, met fin à la peste.

Dans l'Olympe

Pendant ce temps, Achille, près des navires, toujours en colère, ne prend part ni aux assemblées ni aux combats. [...]

Au douzième jour, Thétis émerge de la mer et monte vers l'Olympe [...]. Elle attrape les genoux de Zeus et lui dit en le suppliant :

– Vénérable père, je t'ai rendu service en paroles et en actes comme personne, alors exauce ma prière. Honore mon fils qui va mourir bientôt. Agamemnon vient de l'offenser : il l'a dépouillé de sa part d'honneur et la retient ! Venge-le, Zeus olympien : donne la victoire aux Troyens jusqu'à ce que les Achéens rendent hommage à mon fils !

Zeus ne réplique rien et reste muet sur son trône. Thétis le supplie à nouveau. [...]

Alors Zeus se met en colère :

– C'est une sombre histoire ! A cause de toi, je vais me disputer avec Héra qui me couvre déjà suffisamment d'injures en prétendant que je soutiens les Troyens dans les combats. Mais va, pars avant qu'elle ne te voie. J'exaucerai ton vœu.

Chant II

Le Songe

Les dieux et les hommes qui conduisent les chars dorment toute la nuit excepté Zeus qui médite sur la façon de détruire les Achéens pour rendre justice à Achille. Il décide que le mieux est d'envoyer le perfide Songe[1] à Agamemnon. [...] Le Songe arrive rapidement aux navires des Achéens. Il trouve Agamemnon endormi dans son baraquement. Il s'arrête donc au-dessus de lui en prenant l'apparence de Nestor[2] qu'Agamemnon honore entre tous les vieillards et lui dit :

1→ Songe est la divinité des Songes, du Sommeil. En grec : Oneiros.
2→ Nestor est le plus âgé de tous les chefs, sans doute septuagénaire.

– Quoi ! tu dors, Agamemnon, fier dompteur de chevaux ! Un héros ne doit pas dormir la nuit entière. [...] Écoute-moi, je suis le messager de Zeus. Il s'inquiète beaucoup pour toi et te demande d'appeler aux armes au plus vite tous les Achéens aux cheveux longs. L'heure est venue pour toi de prendre Troie. Les Immortels, habitants de l'Olympe, ne sont plus divisés sur ce point. Les Troyens sont désormais voués au malheur, c'est la volonté de Zeus. Garde bien cela en tête et ne l'oublie pas même quand le doux sommeil t'aura quitté.

Il dit cela et laisse Agamemnon songer à un avenir qui ne doit jamais se réaliser. Et Agamemnon croit qu'il va prendre le jour même la cité de Priam, pauvre idiot ! Il ne sait pas ce que Zeus manigance. [...]

Il se réveille mais la voix divine résonne encore autour de lui. Il se lève, met sa belle tunique neuve et se couvre d'un grand manteau. Il attache de jolies sandales à ses pieds et jette sur son épaule son épée à clous d'argent. Il prend enfin le sceptre héréditaire[1], le sceptre indestructible et s'en va vers les navires. C'est l'heure où la divine Aurore annonce le jour à Zeus et aux mortels du haut de l'Olympe. Agamemnon fait annoncer aux Achéens par ses porte-parole à la voix puissante la tenue d'une assemblée.

Agamemnon convoque le Conseil des Anciens dans un premier temps pour leur faire part de la venue du

1→ Ce, sceptre qui a été transmis de Pélops à son fils Atrée et d'Atrée à son fils Agamemnon, aurait été commandé par Zeus à Héphaïstos, ce qui le rend indestructible.

Songe, et leur dit qu'il va éprouver les Achéens pour voir s'ils sont prêts au combat.

L'assemblée

Les hommes accourent comme des abeilles […] depuis les navires et les baraquements. Enfin, ils se rassemblent mais dans le désordre et le tumulte. Neuf porte-parole tentent, en criant, de contenir la foule et de la faire taire. Les hommes s'asseyent enfin et cessent de hurler, non sans difficulté.

Alors, Agamemnon se lève en tenant le sceptre […] et s'adresse à ses guerriers :

– Héros danaens, mes amis ! Ce sadique de Zeus m'a bien eu ! Il m'avait promis, autrefois, que je repartirais quand j'aurais détruit Troie mais il m'a piégé : maintenant, il veut que je rentre à Argos, piteux d'avoir fait mourir tant d'hommes ! C'est la honte pour les générations à venir ! […] Mais c'est le bon plaisir de Zeus ! Allons, suivez tous mon conseil : fuyons, rentrons chez nous sur nos navires. C'est fini, nous n'aurons pas Troie aux larges avenues !

A ces mots, l'assemblée s'émeut, elle est toute secouée. […] Les participants se précipitent tous vers les vaisseaux en hurlant.

Tous sont d'accord pour repartir chez eux. Mais Héra et Athéna persuadent Ulysse de continuer le combat et Ulysse essaie de convaincre tous ceux qu'il trouve sur son chemin. Il parvient même à ce que les guerriers se réunissent à nouveau en assemblée.

Seul Thersite continue à piailler comme un fou. Il n'a que des grossièretés à la bouche, et il croit faire rire les Argiens en se moquant des rois à tort et à travers. C'est le plus laid des guerriers venus à Troie. Tordu et boiteux, en plus d'être bossu. Il n'a que trois poils sur son crâne en pain de sucre. Achille et Ulysse l'ont en horreur parce qu'il passe son temps à leur faire des histoires. Cette fois, il s'en prend à Agamemnon en lui débitant des tas d'injures. Il est vrai qu'au fond d'eux, les Achéens en veulent à Agamemnon. Mais lui cherche la dispute à grands cris :

– Fils d'Atrée, de quoi te plains-tu encore ? Tu as besoin de quoi ? De bronze ? Tes baraquements en sont pleins et ils regorgent de femmes, butin de choix, que nous t'accordons, nous les Achéens, avant tout autre, à chaque fois que nous prenons une ville. Ou alors c'est de l'or que tu veux ? De l'or troyen pour la rançon d'un fils que j'aurais fait prisonnier, moi ou un autre Achéen ? Ou bien c'est une jeune captive que tu veux, pour goûter l'amour dans ses bras en ne la gardant que pour toi, seul, loin de tous ? Non, ce n'est pas le rôle d'un chef de conduire les fils des Achéens au malheur ! Ah ! Trouillards ! Ignobles lâches ! Femmelettes achéennes ! – je ne peux même plus dire Achéens – retournons donc chez nous avec nos navires et laissons-le là, jouir de ses privilèges. Il verra si nous avons envie ou non de l'aider, lui qui vient d'insulter Achille, un bien meilleur guerrier que lui. Il lui a pris et lui retient sa part d'honneur, il a pris l'initiative de le dépouiller. Achille n'a vraiment pas la moindre rancune, il est d'une patience d'ange. Sinon, ce serait ton dernier affront à son égard !

C'est ainsi que parle Thersite mais Ulysse arrive vite près de lui et le rembarre, d'un œil noir :

– Tu parles pour ne rien dire. Tais-toi ! Ne t'imagine pas être le seul à te disputer avec les rois. Je vais te dire, moi : il n'y a pas pire lâche que toi parmi tous ceux qui sont venus ici. Tu aurais donc intérêt à te dispenser d'avoir sans arrêt à la bouche le nom des rois, de les insulter et de te mêler du retour de l'armée. Nous ne savons pas encore comment les choses vont tourner, si nous rentrerons chez nous, vainqueurs ou non. Pour l'instant, tu prends plaisir à insulter Agamemnon parce qu'il reçoit des tonnes de présents de la part des Danaens et tu n'es qu'un bouffon ! Mais je te préviens, si je te trouve encore à déblatérer, que j'y perde la tête et qu'on cesse de m'appeler le père de Télémaque si je ne t'empoigne pas de mes propres mains, si je ne te déshabille pas entièrement – manteau, tunique et caleçon – et si je ne te renvoie pas de l'assemblée, en pleurs, vers les navires, avec une bonne raclée !

Sur ces mots, il le frappe de son sceptre au dos et aux épaules. Thersite se plie et se tord, il pleure à chaudes larmes : une bosse sanguinolente sort de son dos sous le choc du sceptre. Il s'assied, pris de panique et souffrant, hagard, il essuie ses larmes. Et, bien que peinés, les autres rient de bon cœur en le voyant. [...]

Ulysse dit alors sagement :

– Fils d'Atrée, les Achéens veulent que la honte retombe sur toi ! Ils ne veulent plus tenir la promesse qu'ils t'ont faite en venant ici. Ils ne devaient rentrer qu'après la destruction de Troie aux bonnes murailles et les voilà maintenant qui gémissent comme des gamins ou des veuves, ne pensant qu'à rentrer chez eux. C'est vrai que nos épreuves sont assez dures pour que nous ayons envie de rentrer chez nous. Cela fait neuf ans que nous attendons ici. Je ne peux donc pas en vouloir aux Achéens de s'impatienter auprès de leurs navires. Mais quelle honte si nous revenions les mains vides après une aussi longue absence! Courage, mes amis, restez encore un peu, ainsi nous saurons si Calchas est un vrai prophète.

Ulysse rappelle comment, lors du rassemblement des navires à Aulis[1], Calchas a prédit, lors des sacrifices aux dieux, que les Achéens prendraient Troie la dixième année de guerre. Il est acclamé de tous. Nestor prend alors la parole pour encourager Agamemnon à continuer le combat. Agamemnon ordonne alors aux Achéens de dîner et de préparer leurs armes. Il va jusqu'à menacer de mort ceux qui voudraient s'enfuir.

Les guerriers se répandent, par milliers, dans la plaine du Scamandre et le sol résonne sous leurs pas. Seul Achille demeure près des navires, la colère au cœur. Un messager arrive à Troie pour annoncer la venue des troupes ennemies. Les Troyens s'arment, les portes s'ouvrent et ils sortent de la cité, Hector à leur tête.

1→ La flotte grecque se retrouve dans ce port de Béotie afin de prendre la mer pour Troie mais le vent ne se lève pas et l'armée attend un moment plus favorable, en faisant appel aux prêtres. Calchas, en particulier, explique aux Grecs que les vents se lèveront si Agamemnon accepte de sacrifier sa fille Iphigénie à la déesse Artémis.

Chant III

L'offre de Pâris

Les armées sont en rangs, chaque troupe autour de son chef, et voici qu'avancent les Troyens, avec des piaillements d'oiseaux [...]. Les Achéens, eux, avancent en silence, la fureur au cœur et la volonté farouche de se soutenir [...]. Les guerriers soulèvent une épaisse poussière alors qu'ils traversent la plaine à toute vitesse.

Les deux armées avancent l'une vers l'autre. Du côté des Troyens se présente un champion, Pâris, semblable aux dieux. Il a sur son épaule une peau de panthère, un arc recourbé et une épée et il brandit deux lances[1] à pointe de bronze en défiant tous les guerriers d'Argos. Qui veut le défier et se battre contre lui dans cette tuerie effroyable ?

Ménélas, aimé d'Arès, le voit sortir des lignes du combat et, fou de joie à l'idée de punir le coupable, saute aussitôt de son char, en armes.

Pâris, semblable aux dieux, l'aperçoit, hors des lignes, et, pris de panique, le voilà qui recule au milieu de ses compagnons d'armes pour échapper à la mort. [...] Il tremble comme une feuille et se replie, blanc comme un linge [...].

Mais Hector le voit et le couvre d'injures :

– Pâris, tu n'es qu'un misérable, toi qui fais le beau, toi le coureur de jupons, le séducteur ! Tu es né pour quoi ? Tu aurais mieux fait de mourir avant de choisir une femme !

1→ La lance fait en principe 2 mètres de long.

J'aurais préféré cela à la honte et au mépris que tu nous inspires à tous ! Ils doivent bien rire maintenant, ces Achéens aux cheveux longs qui croyaient avoir affaire à un champion courageux, à cause de sa beauté, de son allure, alors qu'en fait, il n'a ni force ni courage. Étais-tu ainsi, quand, avec une poignée de fidèles compagnons, tu as traversé la mer sur des vaisseaux, que tu as connu d'autres peuples et ramené d'une terre lointaine une belle épouse, déjà mariée dans une famille de guerriers, pour le malheur de ton père, de ta cité, de tout un peuple, pour la joie de nos ennemis et pour ta propre honte ? Et tu refuses d'affronter Ménélas ? Au moins tu saurais la valeur de l'homme dont tu détiens la jeune et belle épouse ! A quoi te serviront ta cithare, les dons d'Aphrodite, tes cheveux, ta beauté quand tu auras mordu la poussière ? [...]

Pâris, semblable aux dieux, lui répond :

– Hector, tu as raison de me faire ces reproches, je les mérite. Toi, tu as un cœur dur comme le tranchant d'une hache. [...] Mais ne me reproche pas les dons d'Aphrodite. On ne doit pas dédaigner les glorieux cadeaux que nous font les dieux du Ciel. C'est le Ciel qui nous les envoie, et nous n'avons pas le choix. Par contre, si tu veux qu'aujourd'hui je me batte, fais asseoir tous les autres, Troyens et Achéens, et puis, entre les lignes de combat, laisse-nous nous affronter, Ménélas et moi-même. Hélène et tous ses biens seront l'enjeu du combat. Le vainqueur, le plus fort, emportera en toute justice la femme et tous ses biens. Et vous, après avoir conclu un pacte d'amitié, vous resterez dans Troie et les Achéens reprendront le chemin d'Argos [...].

Les paroles de Pâris réjouissent Hector. Il s'avance entre les lignes pour arrêter les bataillons de Troie en tenant sa lance par le milieu. Tous s'asseyent aussitôt. Mais les Achéens aux cheveux longs tendent leurs arcs, le visent de leurs flèches et vont lui lancer des pierres quand le roi Agamemnon leur crie d'une voix forte :

– Arrêtez, Argiens, ne tirez pas, fils des Achéens ! Hector au casque étincelant veut vous parler.

A ces mots, tous s'arrêtent et se taisent brusquement. Et voici ce qu'Hector dit aux deux armées :

– Écoutez-moi, Troyens et Achéens ! Écoutez bien les paroles de Pâris, celui qui a provoqué ce conflit. Il demande ici à tous les Troyens et à tous les Achéens de déposer leurs armes afin qu'entre les lignes de combat Ménélas, aimé d'Arès, combatte seul contre lui. Hélène et tous les trésors seront l'enjeu du combat. Le vainqueur, le plus fort, emportera en toute justice la femme et tous ses biens. Après quoi, nous conclurons un pacte d'amitié.

Tous restent sans voix. Ménélas prend alors la parole :

– C'est à mon tour de parler, écoutez-moi car c'est moi qui ai le plus de chagrin. Je veux que soient départagés au plus vite Achéens et Troyens. Vous avez subi trop de malheurs à cause de moi et de Pâris qui a commencé la dispute. Que meure celui dont c'est le destin ! Apportez deux agneaux – un mâle blanc et une femelle noire – pour le Soleil et pour la Terre. Nous en apporterons un autre pour Zeus. Et faites venir ici Priam afin qu'il conclue le pacte en personne puisque ses fils sont hautains et sans foi ni loi. [...] Les jeunes gens n'ont pas de cervelle. Mais quand une personne âgée est avec eux, son expérience du passé et du présent permet d'arranger les choses au mieux pour les deux camps.

A ces mots, les Achéens comme les Troyens se réjouissent, dans l'espoir de voir finir cette guerre désastreuse. Ils arrêtent leurs chars sur toutes les lignes et en descendent puis ils enlèvent leurs armures et leurs armes et les déposent à terre, les unes contre autres car l'espace entre les deux fronts est étroit. Hector envoie alors vers la ville deux messagers pour en rapporter les agneaux et convoquer Priam. Le roi Agamemnon, de son côté, envoie Talthybios vers les vaisseaux creux pour prendre un agneau [...].

Hélène sur les remparts

Mais Iris[1] vient trouver Hélène après avoir pris l'apparence de Laodice, la plus jolie des filles de Priam.

Hélène est dans son palais en train de tisser un grand manteau de pourpre[2] où elle retrace les nombreux combats des Troyens et des Achéens menés à cause d'elle.

Iris s'approche d'elle et lui dit :

– Viens, ma chérie, viens voir ce spectacle incroyable ! Les Troyens et les Achéens allaient s'affronter dans la plaine et ne songeaient qu'à l'odieux combat. A présent les voilà assis et muets. Le combat a cessé, ils sont appuyés

1- Iris est la déesse messagère des dieux de l'Olympe et son nom signifie « arc-en-ciel ».

2- Les Grecs, comme les Phéniciens et les Romains, teignaient leurs vêtements en rouge avec la matière extraite d'un coquillage (murex) qui était un puissant colorant rouge très vif. Pour les Anciens, les étoffes de pourpre étaient symbole de richesse ou d'une haute dignité.

contre leurs boucliers et leurs longues lances sont plantées dans le sol. Pâris et Ménélas, aimé d'Arès, vont combattre pour toi avec leurs longues piques et tu seras proclamée femme du vainqueur.

En parlant ainsi, la déesse rappelle à Hélène le doux souvenir de son premier époux, de sa ville, de ses parents. Hélène se couvre rapidement d'un voile blanc et sort de sa chambre, en pleurs, accompagnée de deux servantes.

Elles arrivent bientôt aux portes Scées[1]. Or Priam et les Anciens [...] sont là qui siègent au Conseil des Anciens. L'âge les a écartés de la guerre mais leur parole est sensée [...]. A la vue d'Hélène qui monte vers eux sur le rempart, ils disent à mi-voix :

– Il ne faut pas s'indigner si les Troyens et les Achéens souffrent autant pour cette femme. Elle ressemble vraiment aux déesses immortelles. Pourtant, malgré sa beauté, qu'elle s'embarque et s'en aille, qu'elle ne reste pas ici comme un fléau pour nous et nos fils plus tard !

Voilà ce qu'ils se disent et Priam élève la voix pour appeler Hélène :

– Viens ici, ma fille, assieds-toi devant moi. Tu vas voir ton premier époux, tes alliés et tes amis. Pour moi, tu n'es pas responsable : les dieux sont la cause de tout. Ce sont eux qui ont déclenché cette guerre déplorable avec les Achéens. Mais dis-moi, quel est le nom de ce guerrier prodigieux ? Qui est-il cet Achéen, ce héros si noble et si grand ? Sans doute n'est-il pas le plus grand de taille mais

1→ Les portes Scées, ou portes Dardaniennes, donnent sur la plaine du Scamandre et sur le champ de bataille. C'est un endroit stratégique.

jamais je n'ai vu de guerrier si beau ni aussi imposant. Il a tout d'un roi !

Hélène, la divine, lui répond :

– Père, je te respecte et je te crains. J'aurais préféré mourir le jour où j'ai suivi ton fils jusqu'ici en abandonnant la chambre de mon époux, mes proches, ma fille chérie et mes gentilles camarades. Mais il n'en fut pas ainsi et c'est pourquoi je n'arrête pas de pleurer. Mais je te répondrai puisque tu me questionnes et veux savoir. Cet homme, c'est le fils d'Atrée, le puissant Agamemnon, à la fois noble roi et puissant guerrier. Avant, il était aussi mon beau-frère, à moi qui ne suis qu'une chienne.

De nouveau le vieillard s'extasie et s'écrie :

– Heureux fils d'Atrée, mortel chanceux, favori des dieux ! Qu'ils sont nombreux les Achéens qui t'obéissent ! [...]

Puis, voyant Ulysse, le vieillard demande :

– Mais, dis-moi, qui est celui-ci encore, ma fille, qui est-il ? Il a une tête de moins qu'Agamemnon mais il a la poitrine et les épaules plus larges que lui. Il a posé ses armes et va parmi ses hommes tel un bélier passant en revue son troupeau de brebis blanches.

Et Hélène, la fille de Zeus, lui répond :

– Celui-là, c'est le fils de Laerte, l'ingénieux Ulysse. Il a grandi sur le sol rocheux d'Ithaque. Il connaît des ruses et des pensées de toutes sortes.

[...]

Une troisième fois, apercevant Ajax, le vieillard demande :

– Qui est encore ce guerrier achéen, noble et grand, qui dépasse tous les Argiens de la tête et des épaules ?

Et la divine Hélène de répondre :

– C'est Ajax, le prodigieux Ajax, rempart des Achéens ! [...] Oui, je les vois tous à présent, les Achéens aux yeux vifs, je pourrais tous les reconnaître et dire leurs noms. Mais il y a deux guerriers que je ne parviens pas à distinguer : Castor, le dompteur de chevaux, et Pollux, le vaillant combattant, mes deux frères [...].

Le pacte

Les messagers portent alors à travers la ville ce qui doit servir au pacte loyal : les deux agneaux et dans une outre en peau de chèvre le vin qui réjouit les cœurs, fruit de la terre. L'un des messagers, chargé d'un cratère[1] et de coupes d'or, dit à Priam :

– Debout, fils de Laomédon[2], les fils des Troyens et des Achéens te demandent de descendre dans la plaine pour conclure un pacte loyal. Pâris et Ménélas vont se battre avec leurs longues lances pour Hélène. Quand le pacte loyal de bonne amitié sera conclu, nous resterons dans notre région de Troie et eux repartiront dans l'Argolide et l'Achaïe.

Le vieillard ne perd pas une seconde, il ordonne qu'on lui attelle un char : il y monte et en tire les rênes. Anténor est à ses côtés et c'est ainsi qu'ils franchissent les portes Scées au galop de leurs chevaux rapides.

Les voilà enfin arrivés parmi les Troyens et les Achéens :

1→ Vase à deux anses, en forme de coupe, dans lequel les Grecs mélangeaient le vin et l'eau.

2→ Roi légendaire de Troie, père de Priam.

aussitôt Agamemnon et Ulysse se lèvent. Les messagers font le mélange du vin dans le cratère et versent l'eau sur les mains des rois. Alors le fils d'Atrée coupe les poils sur le front des agneaux[1] avec son couteau toujours pendu à côté du fourreau de son épée.

Les messagers distribuent les poils aux chefs et Agamemnon, les mains tendues vers le ciel, rend hommage, à voix haute, à tous les dieux. Il les prend à témoins du duel entre Pâris et Ménélas en rappelant les conditions fixées.

Puis Agamemnon tranche impitoyablement la gorge des agneaux et les couche à terre encore palpitants et sans vie. Ensuite, on puise le vin au cratère avec les coupes, pour le répandre d'un seul coup en priant les dieux. Et chacun, troyen ou achéen, de dire en chœur :

– Zeus très glorieux, et vous tous, dieux immortels, que le premier qui viole ce pacte voie la cervelle des siens, pères et enfants, répandue à terre comme je répands ce vin et que leurs femmes soient soumises à des étrangers.

Priam s'exprime alors :

– Écoutez-moi, Troyens, Achéens aux bonnes jambières[2], je n'aurai vraiment pas la force de voir de mes yeux mon fils combattre Ménélas, aimé d'Arès. [...]

1→ Couper quelques poils sur la tête de la victime est un rite obligatoire dans tout sacrifice et signifie qu'elle est destinée à mourir. D'ordinaire, les poils sont jetés dans le feu. Mais ici, le sacrifice est particulier parce qu'il accompagne un serment.

2→ « Aux bonnes jambières », épithète homérique. Les jambières sont les parties de l'armure qui recouvrent la jambe et parfois le genou.

Le combat singulier de Pâris et Ménélas

Tandis que Ménélas repart sur son char, Hector et le divin Ulysse commencent à délimiter le terrain puis ils choisissent des sorts[1] qu'ils secouent dans un casque de bronze pour savoir celui lancera la pique le premier. [...]

Hector au casque étincelant secoue les sorts en détournant la tête. C'est celui de Pâris qui jaillit du casque. [...]

Les hommes s'asseyent en rangs à côté des armes qui brillent de tous leurs feux. [...]

Pâris et Ménélas enfilent leur armure. Puis ils se rangent, loin de la foule, entre les lignes des Troyens et des Achéens. Ils se foudroient du regard et terrifient tout le monde. Enfin, pleins de haine, ils s'arrêtent l'un en face de l'autre dans le champ délimité et brandissent leurs lances. Pâris le premier lance sa longue javeline contre le bouclier résistant qui en tord la pointe. A son tour, Ménélas s'élance, la pique de bronze à la main, et il s'adresse à Zeus ainsi :

– Zeus souverain, permets-moi de punir celui qui m'a fait du tort le premier et terrasse-le par mon bras afin que désormais pour les générations à venir chacun craigne de faire tort à celui qui l'accueille en toute amitié.

Sur ce, il brandit sa longue javeline, la lance et atteint le solide bouclier. La puissante pique pénètre le bouclier étincelant et s'enfonce dans la cuirasse dont elle déchire la

1→ Ce sont des jetons ou des cailloux déposés dans un récipient pour faire un tirage. Un signe spécifique à chaque personne est gravé sur le jeton ou le caillou.

tunique le long du flanc. Mais Pâris se courbe et échappe à la mort. Alors Ménélas tire son épée à clous d'argent et frappe le cimier du casque de Pâris. Mais l'épée lui tombe de la main et se brise en trois ou quatre morceaux. [...] D'un bond, il saisit Pâris par l'épaisse crinière de son casque, le fait pivoter et essaie de le traîner sur le dos vers les Achéens aux bonnes jambières. La courroie du casque, tendue sous le menton, étrangle le cou délicat de Pâris. Ménélas l'aurait entraîné et aurait acquis une immense gloire si Aphrodite ne l'avait vu de son œil perçant. Elle casse la courroie [...] et ce n'est qu'un casque vide qui suit la main vigoureuse de Ménélas. Celui-ci fait alors tournoyer ce casque et le jette aux Achéens aux bonnes jambières. Puis il fait demi-tour, pressé de tuer son adversaire avec sa pique de bronze. Mais Aphrodite lui enlève Pâris en le cachant par un épais nuage – un jeu d'enfant pour une déesse – et le dépose dans sa chambre parfumée.

Pâris et Hélène

Aphrodite va chercher Hélène qui se tient sur le haut rempart au milieu de nombreuses Troyennes. Pour lui parler, elle a pris l'aspect d'une vieille fileuse qu'Hélène aimait beaucoup autrefois et lui dit :

– Viens avec moi : Pâris te demande de rentrer chez toi. Il est dans sa chambre, sur son lit, resplendissant de beauté. Tu ne pourrais imaginer qu'il vient de se battre. [...]

Hélène est troublée car elle a reconnu la beauté divine de la déesse. Stupéfaite, elle lui dit :

– Espèce de folle, pourquoi vouloir me séduire ? Ménélas vient de vaincre Pâris et il veut me ramener chez lui, moi la misérable que je suis, et te voilà avec tes ruses. [...] Je n'irai pas, non, je n'irai pas préparer le lit de Pâris, ce serait une honte pour moi et j'en supporte suffisamment.

Aphrodite est très en colère :

– Ne me provoque pas, insolente, sinon je t'abandonne, je déclenche contre toi la haine des deux camps et je te réserve une mort cruelle !

Hélène prend peur, se couvre de son voile blanc et s'en va en cachette, silencieuse, guidée par la déesse. Elles arrivent au palais de Pâris ; Hélène monte dans la chambre et Aphrodite, déesse des Sourires, lui place un siège en face de Pâris. Hélène s'y assied et, tout en évitant de regarder son époux, lui fait des reproches :

– Te voilà donc revenu du combat ! Tu aurais mieux fait d'y mourir sous les coups du puissant guerrier qui fut mon premier mari ! Tu te vantais de vaincre Ménélas, aimé d'Arès, avec ta force, tes bras, ta pique ! Alors, va donc le provoquer une seconde fois ! [...]

– Femme, arrête de me faire mal avec tes insultes cruelles. Ménélas m'a vaincu aujourd'hui grâce à Athéna. Mon tour viendra, des dieux nous protègent, nous aussi. Mais viens, couchons-nous et goûtons au plaisir de l'amour. Jamais je ne t'ai autant désirée, non jamais.

Il se dirige vers le lit suivi de sa femme.

La sommation des Achéens

Et tandis que Pâris et Hélène sont endormis, Ménélas va et vient à travers la foule comme une bête sauvage à la recherche de Pâris. Mais nul ne peut le lui montrer. [...] Agamemnon prend alors la parole :

– Écoutez-moi tous. La victoire revient sans aucun doute à Ménélas, aimé d'Arès. Rendez-nous donc Hélène et ses trésors et donnez-nous une récompense digne de ce nom pour les générations à venir.

Ainsi parle le fils d'Atrée approuvé des Achéens.

Chant IV

Chez les dieux

Les dieux sont assis autour de Zeus, Hébé[1] leur verse le nectar[2] et ils lèvent leurs coupes d'or l'un vers l'autre en contemplant Troie.

Soudain, Zeus lâche des paroles mordantes pour énerver Héra :

– Ménélas a deux déesses pour le défendre, Héra et Athéna mais, assises et loin de lui, elles se contentent de le regarder. Pâris en revanche a pour lui la déesse aux sou-

1→ Fille de Zeus et d'Héra qui personnifie la jeunesse et aide aux travaux de la maison.
2→ Boisson des dieux.

rires, Aphrodite, qui vole toujours à son secours et lui évite la mort. Elle vient encore de le sauver alors qu'il pensait mourir. Mais puisque la victoire appartient à Ménélas, aimé d'Arès, à nous de décider de la suite des événements. Déciderons-nous de poursuivre cette guerre cruelle ou d'unir les deux peuples par une amitié réciproque ? Si cela faisait plaisir à tout le monde, la ville de Priam resterait entière et Ménélas ramènerait Hélène chez lui.

Athéna et Héra murmurent et méditent, assises, le malheur des Troyens. Athéna se tait malgré sa colère contre Zeus mais Héra ne peut se retenir :

– Terrible Zeus, que dis-tu là ? Tu veux anéantir tous mes efforts ? [...]Comme tu voudras, mais nous, les autres dieux, nous ne sommes pas tous d'accord avec toi !

Zeus rentre alors dans une grande colère :

– Pauvre folle ! Quel mal t'ont fait Priam et ses fils pour que tu t'obstines si furieusement à détruire la belle cité de Troie ? Te faudra-t-il dévorer vivants Priam, ses fils et les autres Troyens pour étouffer ta haine ? Fais comme tu voudras, mais je ne veux pas que cette dispute devienne plus tard un sujet de discorde. Il me reste encore quelque chose à te dire ; mets-toi bien ceci en tête : ne t'avise pas de retenir ma colère quand j'aurai envie de détruire une ville où tu auras des protégés puisque je t'ai exaucée. Troie est la ville qui est la plus chère à mon cœur et qui m'a toujours honoré. [...]

Héra répond :

– Il y a trois villes auxquelles je tiens tout particulièrement : ce sont Argos, Sparte et Mycènes. Détruis-les [...], tu es cent fois plus fort que moi. Mais n'anéantis pas le travail que j'ai accompli contre Troie. [...] Allons, faisons des concessions tous les deux, les autres dieux suivront. Donne vite l'ordre à Athéna d'aller vers l'atroce combat afin qu'elle pousse les Troyens à violer le pacte les premiers.

Athéna descend dans la plaine de Troie et persuade un certain Pandoros, en lui faisant miroiter gloire et reconnaissance, de lancer une flèche contre Ménélas. Le pauvre fou blesse Ménélas, les Achéens se sentent trahis car le pacte est violé et crient vengeance. Dans les deux camps, on se prépare à reprendre le combat.

Premier engagement

Comme des vagues sans fin, les bataillons danaens marchent au combat. [...] Chaque chef encourage sa troupe qui avance en silence. Les armes étincelantes brillent de tous leurs feux. Les Troyens au contraire ressemblent à un troupeau de brebis bêlantes, ils gémissent.

Les deux armées, l'une poussée par Arès et l'autre par Athéna aux yeux pers[1], se rencontrent. [...] Les voilà qui heurtent leurs boucliers, leurs piques, leurs fureurs de guerriers armés.

Les boucliers bombés s'entrechoquent et on entend des hurlements, des lamentations mêlées aux clameurs de

1• « Aux yeux pers » : épithète homérique pour parler des yeux d'Athéna où le bleu prédomine.

triomphe. Les uns tuent, les autres sont tués. Des flots de sang inondent la terre. [...]

C'est ainsi que par centaines, ce jour-là, Troyens et Achéens sont étendus côte à côte, le front dans la poussière.

Chant V

Exploits de Diomède

C'est à Diomède, le fils de Tydée, qu'Athéna donne cette fois la fougue et l'audace afin qu'il se distingue parmi tous les Argiens et remporte une magnifique victoire. Grâce à elle, son casque et son bouclier resplendissent de mille feux. [...] Il va, furieux, par la plaine, tel un fleuve en crue... Rien ne l'arrête et il disloque les bataillons serrés des Troyens. Mais Pandare, le fils de Lycaon, l'aperçoit, tend son arc recourbé et le frappe en plein élan à l'épaule droite, au plastron de sa cuirasse. La dure flèche s'enfonce tout droit et voilà la cuirasse toute aspergée de sang. Alors Pandare s'écrie :

– En avant, courageux Troyens, dompteurs de chevaux ! Le meilleur des Achéens est blessé et il ne tiendra pas longtemps sous ma flèche puissante.

Mais la flèche rapide n'a pas terrassé Diomède qui recule et s'arrête près de ses chevaux pour demander à son écuyer Sthénelos de lui retirer la flèche : le sang gicle à travers la tunique. Diomède adresse alors cette prière :

– Athéna, toi l'infatigable, comme déjà tu as aidé mon père au combat, aide-moi à mon tour et permets-moi de tuer cet homme qui m'a touché le premier !

Athéna entend sa prière : elle assouplit ses membres puis lui dit :

– A présent tu peux combattre les Troyens sans crainte, Diomède, car j'ai mis dans ton cœur le courage intrépide de ton père et j'ai enlevé le nuage qui recouvrait tes yeux. Ainsi, tu sauras distinguer les dieux des hommes. Si un Immortel vient t'affronter, surtout ne le combats pas de face à moins que ce ne soit Aphrodite. Et si c'est elle, frappe-la de ton bronze aigu.

Diomède retourne donc en première ligne et son ardeur a triplé. Il est comme un lion blessé [...] aux forces décuplées.

Alors il tue Astynoos et Hypeiron. Il touche le premier de sa lance de bronze au-dessus du sein, l'autre de sa grande épée, tout près de l'épaule, à la clavicule, et le coup sépare l'épaule de la nuque et du dos. Puis il les abandonne pour se jeter sur Abas et Polyidos qu'il tue tous les deux [...] et il tue Xanthe et Thoon, les seuls fils de Phénops. Enfin, il s'en prend à deux fils de Priam qu'il fait descendre de leur char et dépouille de leurs armes...

La fin de Pandare Quand Énée le voit ainsi ravager les rangs des Troyens, il rentre dans la mêlée à la recherche de Pandare. Et quand il le trouve, il lui dit :

– Pandare, qu'as-tu fait de ton arc, de tes flèches ailées et de ta réputation ? Va, tends les mains vers Zeus et décoche une flèche contre l'homme qui triomphe ici et qui a déjà fait tant de mal aux Troyens, à moins que ce ne soit un dieu en colère.

Pandare répond :

– Énée, bon conseiller des Troyens, je crois que c'est le vaillant fils de Tydée : je le reconnais à son bouclier, à son casque, à ses chevaux. Malgré tout, je ne suis pas certain que ce ne soit pas un dieu… En tout cas, si c'est l'homme que je crois, il bénéficie de l'aide d'un dieu. Je l'ai frappé à l'épaule droite, en traversant le plastron de sa cuirasse, je croyais l'avoir envoyé chez Hadès et je ne l'ai pas abattu ! Un dieu m'en veut sûrement. Me voilà là, sans chevaux ni char. […] Je suis venu à Troie à pied, j'ai mis toute ma confiance dans mon arc et il ne m'a pas été utile : j'ai tiré mes flèches sur deux chefs, le fils de Tydée et le fils d'Atrée, j'ai fait couler leur sang mais pour mieux les irriter. Aucun doute, c'est pour mon malheur que j'ai détaché mon arc recourbé de son clou. […]

Énée lui réplique :

– Ne parle pas ainsi. Il n'y a qu'une solution : le combattre tous les deux. Allez, monte sur mon char. Prends le fouet et les rênes et je descendrai du char pour combattre. Ou bien tu combattras tandis que je m'occuperai des chevaux.

Et Pandare répond :

– Énée, prends les rênes. Les chevaux écouteront mieux leur guide habituel.

Sur le char scintillant, ils sont pleins d'ardeur et les voilà qui lancent leurs chevaux rapides sur Diomède. Sthénélos les aperçoit et prévient Diomède :

– Je vois deux guerriers puissants, impatients de lutter contre toi. L'un est un expert à l'arc : c'est Pandare. L'autre, Énée, se flatte d'avoir pour père un héros sans reproche nommé Anchise et pour mère Aphrodite. Crois-moi, reculons sur notre char [...] si tu ne veux pas perdre la vie !

Diomède lui lance un regard noir :

– Ne parle pas de fuir. Je ne suis pas de la race des fuyards ni de ceux qui se cachent. Mon ardeur est intacte. Mais je suis dégoûté à l'idée de monter sur un char. J'irai comme je suis les affronter. Athéna m'interdit d'avoir peur. Mais écoute encore et mets-toi bien mes paroles en tête : si Athéna m'offre la gloire de les tuer tous les deux, toi, retiens nos chevaux en attachant les rênes au siège et saute sur ceux d'Énée. Éloigne-les des Troyens pour les rapprocher des Achéens aux belles jambières car ces chevaux sont les meilleurs coursiers qui existent. [...] Les conquérir serait une grande gloire !

Au moment où ils se parlent, les autres s'approchent sur leur char à vive allure. Pandare s'écrie :

– Vaillant fils de Tydée, puisque ma flèche rapide et dure ne t'a pas terrassé, c'est avec ma pique que je vais essayer de t'atteindre.

Sur ce, il lance sa grande javeline contre Diomède et le

touche à son bouclier. La pointe de bronze le traverse et effleure la cuirasse.

– Te voilà blessé au flanc. J'imagine que tu ne tiendras pas longtemps désormais et grâce à toi j'aurai une immense gloire, dit Pandare avec une voix forte.

Diomède répond sans broncher :

– Tu m'as manqué, tu ne m'as pas touché. J'imagine, moi, que vous ne resterez pas là sans que l'un d'entre vous deux ne morde la poussière et n'assouvisse de son sang l'invincible dieu Arès.

Sur ces mots, il lance sa pique. Athéna la dirige vers le nez, à côté de l'œil. La pointe traverse les dents blanches, coupe la langue à sa base et ressort sous le menton. Pandare s'écroule de son char et ses armes resplendissantes font un bruit de cymbale sur son corps. Ses chevaux font un écart d'effroi. Lui reste sur place, sa vie et son courage anéantis.

Aphrodite blessée

Énée saute à terre armé de sa longue pique et de son bouclier, craignant que les Achéens ne s'emparent du cadavre. Il tourne autour tel un lion sûr de sa force. Il tient en avant sa pique et son bouclier, impatient de tuer celui qui s'avancerait vers lui, et il pousse d'effroyables cris. C'est alors que Diomède prend une pierre dans sa main ; c'est à peine croyable car deux hommes seraient incapables de la soulever. Lui la brandit tout seul et sans effort. Il en frappe Énée à la hanche, lui broie le cotyle[1] et lui brise les deux ten-

1→ Cavité de l'os de la hanche où s'articule l'os du fémur.

dons. La pierre rugueuse lui déchire aussi la peau. Et le héros est là, à genoux, s'appuyant sur le sol de sa main solide ; il perd connaissance.

Il serait mort, Énée, protecteur de son peuple, si la fille de Zeus, Aphrodite, sa mère, ne l'avait vu de son œil perçant. Elle l'enveloppe de ses bras blancs et étend devant lui un pan de sa robe éclatante pour le protéger des coups. Elle a tellement peur qu'un Achéen n'enfonce son bronze dans la poitrine d'Énée et le tue !

Et tandis qu'elle emporte son fils hors du combat, Sthénélos n'oublie pas l'ordre qu'il a reçu de Diomède. Il retient les chevaux loin de la clameur, accroche les rênes au siège et saute sur les chevaux aux belles crinières d'Énée. Il les pousse loin des Troyens vers les Achéens et les confie à Déipyle, son ami le plus cher, afin qu'il les conduise vers les bateaux creux.

Quant à lui, à nouveau sur son char, il rejoint Diomède qui poursuit Aphrodite de son bronze impitoyable. Il sait que c'est une déesse sans force, sans comparaison avec Athéna… Il la rejoint dans la foule nombreuse et, de sa javeline aiguë, la touche à l'extrémité de son bras délicat. La lance perce la peau à travers la robe divine et le sang immortel jaillit au-dessus du poignet de la déesse : on l'appelle « ichor » et il coule dans les veines des divinités bienheureuses. Comme elles ne mangent pas de pain et ne boivent pas de vin au rouge flamboyant, elles n'ont pas de sang et sont appelées « immortelles ». Dans un immense cri, elle laisse tomber son fils de ses bras. Apollon le prend dans les siens et l'enveloppe d'un nuage sombre pour éviter qu'un

Achéen ne le transperce de son bronze et le tue. Diomède, de sa voix puissante, s'écrie :

– Arrière, fille de Zeus ! Fuis la guerre et le carnage. Séduire les faibles femmes ne te suffit pas ? Tu prétends encore courir les combats ? Je crois, moi, que tu trembleras de peur désormais devant tout combat, de loin ou de près.

Elle s'en va affolée. Son chagrin est terrible. Iris, aux pieds rapides comme les vents, la conduit hors de la foule. Elle souffre mille douleurs et sa belle peau noircit.

Elle trouve enfin Arès, lui raconte ses malheurs et lui demande de l'aide. Grâce à ses chevaux rapides, elle rejoint l'Olympe et pleure dans les bras de sa mère :

– C'est Diomède qui vient de me frapper parce que je voulais enlever du combat mon très cher fils Énée. L'affreux combat n'a plus lieu désormais entre Troyens et Achéens : les Danaens font à présent la guerre aux Immortels ! [...]

Apollon arrête Diomède

Pendant ce temps, Diomède s'élance contre Énée. Il sait bien qu'Apollon en personne étend son bras sur lui mais il ne respecte même pas le dieu puissant, impatient qu'il est de massacrer Énée et de le dépouiller de ses armes illustres. Par trois fois, il s'élance et par trois fois Apollon repousse brutalement son bouclier éclatant. Une quatrième fois, il bondit tel un dieu mais Apollon lui dit d'une voix terrible :

– Prends garde à toi, Diomède, recule ! Les dieux immortels et les humains seront toujours deux races distinctes.

Diomède recule un peu pour éviter la colère du dieu. Apollon dépose Énée à l'écart de la foule, à Pergame[1], où est bâti son temple, et tandis que Léto[2] et Artémis lui rendent force et gloire, il fabrique un fantôme semblable à Énée, paré des mêmes armes. Et c'est autour de ce fantôme que se déchirent Troyens et Achéens. […]

Apollon s'adresse alors à Arès et lui demande d'écarter Diomède du combat.

Arès prend le visage d'Acamas, chef des Thraces[3], afin d'exciter les rangs troyens. […]

Contre-attaque troyenne

[…]

Hector, armé de ses piques aiguës, parcourt son armée en tous sens, stimulant chacun au combat et réveillant ainsi l'atroce mêlée. […]

Arès fait tomber une nuit soudaine afin d'aider les Troyens. […] Apollon, de son côté, fait sortir Énée de son sanctuaire. Énée revient parmi les siens. Tous sont fous de joie en le voyant sain et sauf mais ils ne posent aucune question.

Apollon et Arès aident Hector à repousser les Achéens. Héra demande à Athéna de se mêler au

1→ Pergame est la citadelle de Troie.
2→ La déesse Léto est la mère des jumeaux Artémis et Apollon.
3→ Les Thraces font partie des alliés des Troyens, avec les Dardaniens, les Lyciens et les Phrygiens.

combat avec elle. Athéna incite Diomède à attaquer Arès. Pendant le duel qui oppose Arès à Diomède, Athéna, la déesse aux yeux pers, saisit la pique d'Arès et la jette loin du char. Alors Diomède, avec l'aide d'Athéna, blesse le dieu au bas-ventre. Apollon retourne sur l'Olympe et se plaint à Zeus. Mais Zeus lui fait des reproches et lui dit qu'il n'aime, comme sa mère Héra, que la guerre et les combats. Il ajoute même que s'il n'était pas son fils, il l'aurait envoyé vivre dans un endroit encore pire que l'Enfer. Puis sur ses ordres, Péon, médecin des dieux, s'emploie à le guérir. Au même moment, Héra et Athéna font leur entrée chez Zeus.

Chant VI

La bataille continue

L'affreuse mêlée des Troyens et des Achéens, laissés à eux-mêmes, s'étend dans la plaine ; ils tendent leurs lances de bronze les uns contre les autres, entre le fleuve Simoïs et le fleuve Xanthos. [...]

Ménélas prend Adraste[1] vivant. Ses chevaux affolés ont

1→ Guerrier troyen qui sera tué par Agamemnon.

soudain buté sur la branche d'un tamaris[1] et, ayant brisé le timon[2] du char, ils partent vers la ville tandis qu'Adraste tombe de son char, à côté d'une roue, face en avant, la bouche dans la poussière. Et voici que s'approche Ménélas, sa longue javeline au poing. Adraste lui saisit les genoux en le suppliant :

– Prends-moi vivant et accepte une belle rançon. Mon père est riche, il t'offrirait une immense somme s'il me savait en vie, près des navires achéens.

Ménélas est ému et s'apprête à le remettre aux mains de son écuyer lorsque Agamemnon arrive en courant et lui dit en le rabrouant :

– Ah pauvre ami ! Pourquoi tant d'égards pour ces hommes ? Se sont-ils tellement bien comportés avec toi ? [...] Que tous les fils de Troie disparaissent ensemble, sans sépulture et sans laisser de trace !

Ménélas se laisse convaincre car ce sont de sages paroles. Il repousse de sa main Adraste et Agamemnon le frappe aussitôt au flanc. L'homme tombe à la renverse et Agamemnon lui met le pied sur la poitrine pour retirer sa pique de frêne. Alors Nestor s'écrie :

– Héros danaens, serviteurs d'Arès, mes amis ! Que personne ne s'attarde à ramasser les dépouilles ! Tuons des hommes ! Après quoi, vous pourrez à votre aise prendre les armes des cadavres.

1→ Arbuste très décoratif à petites feuilles en écailles et à petites fleurs roses en épi. Il est originaire d'Orient.

2→ Longue pièce de bois disposée à l'avant d'un char ou d'une charrue et de chaque côté de laquelle on peut atteler un animal.

Hector quitte le front

Il parle ainsi et stimule l'ardeur et le courage de tous. Alors les Troyens, sous la poussée des Achéens, seraient retournés à Troie, cédant à la lâcheté si [...] Hector, sautant de son char et brandissant ses piques aiguës, n'avait parcouru l'armée en tous sens. Il stimule chacun au combat et réveille l'atroce mêlée. Les voici qui font volte-face et tiennent tête aux Achéens. Les Argiens reculent et s'arrêtent de tuer. Ils pensent qu'un Immortel descendu du ciel étoilé aide les Troyens. Alors Hector, d'une voix forte, s'adresse aux Troyens :

– Bouillants Troyens, illustres alliés ! Soyez des hommes ! Rappelez-vous votre courage ardent ! Je m'en vais à Troie parler aux Anciens du Conseil et à nos femmes pour qu'ils supplient les dieux et leur offrent des hécatombes.

Sur ce, Hector au casque étincelant s'en va et la lanière de cuir noir de son bouclier bombé bat sa nuque et ses talons. [...]

Hector et Hécube

Hector parvient au rempart. Les épouses et les filles des Troyens se précipitent autour de lui pour savoir ce qui est arrivé à leurs fils, leurs frères, leurs parents, leurs époux. Il dit à chacune de prier car beaucoup d'entre elles vont connaître le deuil ! Il arrive enfin au splendide palais de Priam aux portiques de pierre brillante : il y a cinquante chambres [...] en enfilade pour les fils de Priam et leurs épouses légitimes. De l'autre côté, en face de la cour, il y a les chambres des filles, au nombre de douze, à la file et avec un toit en terrasse : ce sont les chambres à coucher des gendres de Priam et de leurs épouses respectables.

C'est alors que vient vers lui Hécube, sa généreuse mère [...]. Elle lui prend la main et lui parle :

– Mon enfant, pourquoi as-tu quitté le combat pour venir jusqu'ici ? Ils sont épuisants, ces maudits fils des Achéens qui se battent autour de nos murs ! Tu es sûrement venu spontanément tendre tes mains vers Zeus, du haut de l'acropole. Ne bouge pas, je vais t'apporter un vin doux comme le miel que tu offriras à Zeus et aux autres dieux ; après, tu en boiras pour ton plus grand bien. Le vin décuple les forces du guerrier fatigué et tu t'es fatigué en défendant les tiens !

Le grand Hector au casque étincelant répond :

– Ne m'offre pas de vin doux comme le miel, vénérable mère, car je ne veux rien perdre de mon ardeur et de mon courage. Et je n'ose pas faire don du vin à Zeus avec des mains impures : il est interdit d'adresser des prières au fils de Cronos quand on est souillé de sang et de boue. Mais toi, convoque les Anciennes de la ville et va au temple apporter des encens. Puis va déposer sur les genoux d'Athéna ton plus beau, ton plus grand voile, celui que tu préfères. Et, en même temps, fais-lui vœu d'immoler dans son temple douze génisses d'un an pour voir si elle acceptera d'épargner notre ville, les femmes et les enfants des Troyens et si elle détourne de la sainte Troie le fils de Tydée, sauvage guerrier qui provoque la déroute. Va donc au temple d'Athéna tandis que j'irai à la rencontre de Pâris pour le convaincre de m'écouter. Que la terre s'ouvre sous ses pieds !

Car c'est un terrible fléau pour les Troyens, pour Priam et tous ses enfants. Si je pouvais le voir descendre en enfer, chez Hadès, j'aurais le sentiment d'oublier mon triste sort !

Hécube au temple d'Athéna

Hécube se dirige aussitôt vers son palais où elle charge ses servantes de convoquer les Anciennes de la ville. Puis elle descend dans la chambre parfumée où se trouvent les voiles aux mille broderies que Pâris, semblable aux dieux, a rapportés de Sidon, accompagné d'Hélène, en traversant la mer infinie. Hécube en choisit un pour l'offrir à Athéna. C'est le plus beau et le plus grand aussi, chatoyant comme une étoile, le dernier de la pile.

Hécube ouvre la marche et les Anciennes, nombreuses, s'empressent de la suivre.

A peine sont-elles arrivées au temple d'Athéna, sur l'acropole, que la jolie Théano [...], prêtresse d'Athéna, leur ouvre les portes. Dans un cri rituel, toutes tendent les bras vers Athéna. La jolie Théano prend le voile et le dépose sur les genoux d'Athéna, puis elle adresse cette prière à la fille du grand Zeus :

– Puissante Athéna, protectrice de notre cité, divine déesse, brise la lance de Diomède, et fais-le tomber face la première devant les portes Scées. Ainsi, nous t'offrirons dans ton temple douze génisses d'un an si tu acceptes d'avoir pitié de notre ville, des épouses, des fils et des enfants des Troyens.

Telle est sa prière mais Pallas[1] Athéna dit « non ».

1→ Surnom d'Athéna.

Hector et Pâris

Pendant que les femmes implorent la fille du grand Zeus, Hector parvient à la belle demeure de Pâris qu'il a construite lui-même avec les meilleurs artisans du moment, [...] à côté de sa propre demeure et de celle de Priam, en haut de l'acropole.

Hector est armé d'une lance de cinq mètres de long dont la pointe de bronze cerclée d'une bague d'or chatoie de mille feux. Il trouve son frère dans sa chambre, en train de préparer ses armes magnifiques, bouclier, cuirasse et arc recourbé. Hélène, l'Argienne, est assise là, au milieu de ses prisonnières, donnant des ordres aux servantes pour qu'elles exécutent des ouvrages splendides. A la vue de son frère, Hector s'en prend à lui en l'insultant :

– Pauvre fou, c'est une honte d'éprouver un tel ressentiment à l'égard des Troyens. Les nôtres s'épuisent au combat autour de la ville et de son rempart élevé. Et c'est toi qui es la cause de ces clameurs et de cette bataille frénétique autour de cette ville. Tu serais le premier à t'en prendre à celui que tu verrais faiblir au combat. Allez ! Lève-toi si tu n'as pas envie que notre ville soit à feu et à sang.

Pâris semblable aux dieux répond ainsi :

– Hector, tu as raison de me faire des reproches : je les mérite. Aussi vais-je m'expliquer : comprends-moi bien et écoute-moi attentivement. Si je suis resté dans ma chambre, ce n'est pas par colère ni par rancœur à l'égard des Troyens mais pour me complaire dans mon chagrin. Or ma femme, vient de me persuader, avec douceur, d'aller au combat et je pense aussi que c'est mieux ainsi : un jour on est vaincu, un jour on est vainqueur. Ainsi donc, attends-moi le temps que j'enfile mon armure de guerre ou bien pars le premier, j'irai te rejoindre.

Ce sont ses mots mais Hector au casque étincelant ne répond rien.

Hélène, quant à elle, adresse à Hector ces paroles de miel :

– Pauvre beau-frère d'une femme qui n'est qu'une chienne dont la méchanceté glace le cœur ! Pourquoi donc n'ai-je pas été emportée, le jour de ma naissance, par une terrible tempête ou enlevée par une vague dans le fracas de la mer avant que tous ces malheurs n'arrivent ? Mais si les dieux nous ont destiné ces malheurs, pourquoi ne suis-je pas la femme d'un homme courageux, sensible à la révolte et aux humiliations continuelles des hommes ? Lui, il n'a aucune force de caractère et n'en aura jamais, et il en récoltera les fruits, j'en suis sûre. Mais, entre donc, frère, et prends ce siège. C'est toi surtout qui es accablé de soucis à cause de moi, misérable chienne que je suis, et à cause de la folie de Pâris ! Zeus nous a réservé un destin tragique pour que les hommes des siècles futurs le racontent.

Le grand Hector au casque étincelant a cette réponse :

– Ne me fais pas asseoir, Hélène, malgré toute l'amitié que tu me portes, je ne t'écouterai pas. Mon cœur s'élance au secours des Troyens qui regrettent profondément mon absence ! Mais toi, fais partir Pâris et qu'il se dépêche de me rejoindre avant que j'aie quitté la ville. Je vais chez moi voir mes serviteurs, ma femme et mon tout-petit enfant :

est-ce que je sais si je leur reviendrai ou si les dieux ne vont pas me terrasser tout à l'heure sous les coups des Achéens ?

Hector et Andromaque

Après ces mots, Hector au casque étincelant s'en va vite vers sa maison qu'il aime tant. Mais Andromaque aux bras blancs n'est plus dans le palais : elle est allée avec son fils et sa nourrice sur le rempart, en pleurs et désespérée.

Hector dit aux servantes :

– Dites-moi la vérité, dites-moi où est allée Andromaque ! Chez mes sœurs, les femmes de mes frères, au temple d'Athéna ?

Et l'intendante lui répond :

– Non [...], elle est allée sur le grand rempart de Troie parce qu'on raconte que les Troyens sont épuisés et que les Achéens triomphent. Elle est partie en toute hâte comme une folle, suivie de la nourrice qui porte ton fils.

Hector suit le même chemin qu'Andromaque [...] ; il la voit accourir vers lui, suivie de la nourrice qui porte son enfant encore tout bébé, beau comme un astre [...] ; Hector l'appelle Scamandrios[1] et les autres Astyanax[1]. [...]

Andromaque, en larmes, lui prend la main et lui parle ainsi :

– Tu es fou ! Ton courage te perdra ! Tu n'as donc aucune pitié pour ton fils, encore bébé, ni pour moi, qui suis malheureuse et serai bientôt veuve de toi ? Car les Achéens bientôt te tueront en se jetant tous sur toi ; et si je ne t'ai

1→ En appelant son fils Scamandrios, Hector le met sous la protection du dieu du fleuve Scamandre qui coule dans la plaine de Troie. Astyanax, qui signifie « roi de la cité », est passé à la postérité grâce aux poètes.

plus avec moi, je n'ai plus qu'à mourir. Rien ne me réconfortera ; si tu accomplis ton destin, je ne ferai que souffrir ! Je n'ai déjà plus de père ni de mère. Mon père a été tué par le divin Achille quand il a détruit Thèbe [...]. J'avais sept frères et tous sont morts, en un seul jour, tués par le divin Achille [...]. Il emmena ma mère avec toute notre fortune et ne la libéra qu'après avoir reçu une énorme rançon mais elle mourut subitement chez mon grand-père. Hector, tu es pour moi à la fois un père, une mère, un frère et un jeune époux. Allons, aie pitié de moi aujourd'hui ! Reste ici sur le rempart ! Ne fais pas de ton fils un orphelin ni de ta femme une veuve ! Stoppe les troupes près du figuier sauvage car c'est là que la ville est le plus accessible et le mur plus facile à franchir. Par trois fois, les vaillants chefs des Achéens en ont tenté l'assaut [...].

Le grand Hector au casque étincelant lui répond alors :

– Je pense à tout cela autant que toi. Mais j'éprouve aussi une terrible honte en face des Troyens [...] à la pensée de rester, comme un lâche, loin du combat. Et d'ailleurs je n'en ai pas le cœur : j'ai appris à être courageux en toutes circonstances et à me battre en première ligne pour l'immense gloire de mon père et de moi-même. Un jour viendra, c'est sûr, où Troie [...] sera vaincue. Mais je me soucie moins de la douleur des Troyens [...] que de la tienne alors qu'un Achéen t'emmènera en pleurs et te fera prisonnière. Peut-être alors qu'en Argos tu tisseras la toile pour un autre, porteras l'eau [...] à contre-cœur mais forcée de le faire par nécessité. Et un jour quelqu'un dira en te voyant pleurer : « C'est la femme d'Hector, celui qui se battait en première ligne autour de Troie. » Voilà ce qu'on dira et ce sera pour toi une autre douleur d'avoir perdu le seul homme capable de t'éviter l'esclavage. Plutôt mourir que d'entendre tes cris et te voir esclave !

Et Hector tend les bras vers son fils qui se jette en criant dans ceux de sa nourrice. Il a peur de l'allure de son père, il a peur du bronze et aussi du panache en crins de cheval qui bouge en haut du casque. Son père et sa mère éclatent de rire. Hector enlève son casque étincelant et le pose à terre. Puis il soulève son fils, le couvre de baisers et le berce dans ses bras en priant Zeus et les autres dieux :

– Zeus, et vous tous, dieux, faites que mon fils soit le plus remarquable des Troyens, qu'il ait ma force et qu'il me succède à la tête de Troie. Et qu'on dise de lui, un jour, quand il reviendra du combat : « Il est plus courageux que son père ! » Qu'il ramène les cadavres ensanglantés d'un ennemi tué et que sa mère s'en réjouisse !

Après ces mots, il remet son fils dans les bras de sa femme souriant et pleurant à la fois. A la voir ainsi, il a pitié d'elle. Il la caresse et lui dit :

– Ma pauvre chérie, ne t'inquiète pas à ce point pour moi. Personne ne m'enverra en enfer chez Hadès avant mon heure. Je te le dis, aucun homme, qu'il soit lâche ou courageux, n'échappe à son destin. Rentre donc à la maison t'occuper des travaux qui sont les tiens, filer, tisser, et ordonne à tes servantes de se mettre à l'ouvrage. Le combat, c'est l'affaire des hommes, de tous ceux – et moi le premier – qui ont vu le jour à Troie.

Alors l'illustre Hector prend son casque à crins de cheval tandis que sa femme rentre chez elle, en sanglots, la tête tournée vers lui.

Dès son arrivée dans sa propre maison, elle fait pleurer toutes les servantes sur le sort d'Hector encore en vie. Toutes se lamentent sur Hector toujours vivant car elles sont sûres à présent qu'il n'échappera pas à la furie des Achéens.

Retour au front d'Hector et de Pâris

Mais Pâris, pas plus qu'Hector, ne traîne dans son haut palais. Revêtu de sa glorieuse armure de bronze étincelant, il s'élance à travers la ville tel un étalon libre de son joug [...]. Pâris, le fils de Priam [...], resplendit comme un soleil dans son armure et il rit. Bien vite, il rejoint son frère, le divin Hector, qui vient de s'entretenir tendrement avec sa femme. Et Pâris, semblable aux dieux, parle le premier :

– Frère cher à mon cœur, est-ce que je suis à la traîne, est-ce que je freine ton élan ? Ne suis-je donc pas à l'heure, comme tu le voulais ?

Et voici ce que lui répond Hector au casque étincelant :

– Pauvre fou ! Loin de moi l'idée de te rabaisser : tu es un homme courageux ! C'est volontairement que tu faiblis et fuis tes responsabilités. Et je m'attriste quand j'entends les Troyens, qui souffrent tant à cause de toi, te couvrir d'injures. Mais nous réglerons ce problème entre nous plus tard, si Zeus nous le permet [...], et quand nous aurons chassé de Troie les Achéens aux bonnes jambières.

Chant VII

L'offre d'Hector

Alors l'illustre Hector et son frère Pâris s'élancent hors des portes, avec au cœur la même envie de guerre et de bataille. Chacun saisit sa proie. Pâris tue Ménesthios, Hector, lui, frappe Éionée de sa javeline pointue au cou, sous le casque de bronze, et lui rompt les membres. [...]

Mais Athéna a pitié des Achéens et descend de l'Olympe pour les aider. Apollon, qui protège les Troyens, est aussi descendu de l'Olympe et rejoint sa sœur pour lui parler de la situation. Ils s'accordent pour faire cesser la guerre. Apollon parvient à obtenir d'Hector qu'il provoque en duel le plus courageux des Achéens. Hector et Agamemnon ordonnent à leurs guerriers de s'asseoir dans la plaine. Le combat est donc interrompu. Hector marche entre les deux armées et réclame un adversaire. Personne n'ose se proposer. Ménélas et Nestor sont obligés de s'en mêler pour que neuf guerriers se portent volontaires. Le sort doit désigner celui qui combattra Hector et il choisit Ajax, fou de joie à l'idée d'affronter Hector.

Combat singulier d'Hector et d'Ajax

Une fois revêtu de son bronze éblouissant, Ajax bondit. Son visage effrayant sourit et il marche à grandes enjambées, en brandissant sa longue javeline. A sa vue, les Argiens sont en liesse tandis qu'une atroce terreur saisit les Troyens. Hector lui-même sent son cœur battre à tout rompre. Mais il est trop tard pour qu'il se replie et aille se fondre dans la masse des Troyens puisque c'est lui qui a lancé le défi. Ajax alors s'approche, exhibant son bouclier pareil à une tour, son bouclier à sept peaux de bœuf recouvertes d'une plaque de bronze. Ajax le tient devant sa poitrine tandis qu'il s'arrête à deux pas d'Hector et lui dit d'un ton menaçant :

– Hector, tu vas savoir enfin exactement, seul à seul avec moi, quels extraordinaires guerriers on trouve parmi les Achéens, même en dehors d'Achille, enfonceur de lignes et cœur de lion, qui est au repos en ce moment au milieu de ses navires recourbés parce qu'il en veut à Agamemnon et qu'il boude. Nous ne sommes pas moins nombreux et nous sommes de taille à t'affronter. Va, donne le signal du combat !

Le grand Hector au casque étincelant lui répond :

– Ajax, fils de Télamon, ne me traite pas comme un faible enfant ou comme une femme. Les combats, les tueries, c'est mon affaire. Je sais manœuvrer à droite et à gauche mon bouclier de cuir, mon instrument de guerre résistant. Je sais me jeter dans la mêlée des chars, je connais le corps à corps. Mais je ne veux pas frapper un homme comme toi par surprise ou à la dérobée. Non, je veux essayer de t'atteindre au grand jour.

Il brandit alors sa longue javeline, la lance et atteint le terrible bouclier d'Ajax dans la couche de bronze. La pique déchire six peaux, la septième l'arrête. Alors, à son tour, Ajax lance sa longue javeline et atteint le bouclier rond d'Hector. La pique pénètre le bouclier éclatant, s'enfonce dans la cuirasse et déchire la cotte de mailles le long du flanc. Mais Hector courbe son corps et échappe à la mort. Tous deux alors, en même temps, avec leurs mains, arrachent les longues piques et fondent l'un sur l'autre. Ils font penser à des lions carnassiers ou bien à des sangliers à la force indomptable. Hector endommage le bouclier par le milieu mais il ne peut en rompre le bronze et brusquement la pointe se retourne. Ajax fait un bond et pique le bouclier d'Hector. La lance traverse le bouclier, Hector est stoppé dans son élan et un sang noir suinte de son cou entaillé. Mais Hector au casque étincelant ne s'arrête pas de combattre pour autant. Il recule, saisit une énorme pierre noire et en frappe le redoutable bouclier d'Ajax à sept peaux sur son centre bombé, en plein milieu ; on entend le bronze retentir. A son tour, Ajax saisit une pierre beaucoup plus grosse encore, il la fait tournoyer et la lance sur le bouclier d'Hector qu'il enfonce. Hector a les genoux qui flanchent et tombe à la renverse de tout son long, heurté par son bouclier. Mais Apollon le remet aussitôt debout. Ils s'affronteraient alors de près, à l'épée, si les messagers de Zeus et des hommes n'étaient intervenus, l'un au nom des Troyens, l'autre au nom des Achéens. Ils dressent leurs bâtons entre les adversaires :

– Arrêtez de vous battre, chers enfants, car vous êtes tous deux aimés de Zeus, vous êtes tous deux de véritables guerriers : c'est connu de tous, mais voici la nuit et la nuit est aussi bonne conseillère.

Ajax réplique :

– C'est à Hector de décider. Hector a défié tous les valeureux guerriers au combat. Qu'il donne le signal. Je le suivrai.

Et Hector dit à son tour :

– Ajax, puisque le Ciel t'a donné grandeur, force et sagesse, et que tu es le meilleur à la javeline de tous les Achéens, arrêtons le combat pour aujourd'hui ! Nous reprendrons la lutte plus tard jusqu'au jour où le ciel nous départagera et accordera la victoire à l'un de nos peuples. Voici déjà la nuit, elle est aussi bonne conseillère. Va apporter la bonne nouvelle à tous les Achéens, à tes amis surtout et à tes camarades près des navires. Moi je vais réjouir le cœur des Troyens et des Troyennes dans la grande cité de Priam. Allons, offrons-nous de glorieux présents pour que chacun, achéen ou troyen, puisse dire : « Tous deux se sont battus tant que la haine rongeait leur cœur, en revanche, c'est en amis qu'ils se sont séparés. »

Sur ces mots, Hector donne à Ajax une épée à clous d'argent avec son fourreau et son baudrier et Ajax lui offre en retour un ceinturon à la pourpre éclatante. Puis ils se séparent. [...]

Dans chaque camp, on offre des hécatombes aux dieux et, le lendemain, une trêve est décidée pour permettre aux Achéens et aux Troyens d'incinérer leurs morts. Pendant la nuit, les Achéens entourent leur camp d'un rempart et d'un fossé.

Chant VIII

Défense aux dieux d'intervenir

Dès l'apparition de l'aurore, Zeus réunit tous les dieux sur le plus haut sommet de l'Olympe et leur défend d'intervenir dans les combats. Il les menace de les jeter dans le Tartare[1] s'ils lui désobéissent et rappelle qu'il est le plus fort :

– Suspendez donc au Ciel un câble d'or, puis accrochez-vous-y tous, dieux et déesses. Malgré tous vos efforts, vous ne parviendrez pas à me faire descendre du Ciel jusqu'à la Terre, moi, Zeus, le maître suprême. Mais moi, si je voulais tirer franchement, c'est la Terre et la Mer tout à la fois que je tirerais avec vous. Après, j'attacherais le câble d'or à un pic de l'Olympe et tout resterait suspendu dans les airs, aussi vrai que je suis au-dessus des dieux comme je suis au-dessus des hommes.

A ces mots, tous restent sans voix car il a parlé avec une violence inouie.

Athéna aux yeux pers se décide à prendre la parole :

– Père, nous le savons bien, ta force est indestructible. Mais nous ne pouvons pas faire autrement que de pleurer sur tous les guerriers danaens qui vont périr. D'accord, nous nous tiendrons éloignés du combat, selon ton ordre. Mais nous voudrions en revanche leur suggérer un projet utile. Ils ne doivent pas tous périr pour satisfaire ta colère.

1→ Lieu de châtiments situé au-dessous des Enfers.

– N'aie pas peur, ma fille, réplique Zeus en souriant, je ne parle pas tout à fait sincèrement et je veux être bon avec toi.

Alors il attelle à son char deux chevaux à la crinière d'or, aux pieds de bronze et au vol rapide. Lui-même s'habille d'or et prend en main son fouet d'or qui fait s'envoler les chevaux. Il atteint le mont Ida[1] où est son sanctuaire. Le père des dieux et des hommes y arrête ses chevaux, les dételle du char et répand sur eux un immense nuage. Ensuite, le voilà qui s'assied au sommet, seul, dans l'orgueil de sa gloire, afin de contempler la cité des Troyens et la flotte achéenne.

Reprise du combat Déroute des Achéens

Les Achéens aux cheveux longs se dépêchent d'achever leur repas au milieu des baraquements pour enfiler leurs cuirasses. Les Troyens, moins nombreux, en font autant avec la même ardeur. Toutes les portes s'ouvrent, l'armée de Troie s'élance au-dehors et une clameur immense retentit.

Les deux armées se rencontrent : choc des boucliers, des piques, des armures, fureurs des guerriers, gémissements et cris de triomphe… Les uns tuent, les autres sont tués ; des flots de sang recouvrent le sol.

Quand le soleil atteint le sommet de sa course, le père des dieux déploie sa balance d'or. Il place sur les deux plateaux les deux déesses de la mort, celle des Troyens, domp-

1→ Haute montagne de la plaine de Troie.

teurs de chevaux, et celle des Achéens. Il prend la balance par le milieu, la soulève et c'est le plateau du jour fatal des Achéens qui penche. Alors Zeus, du haut du mont Ida, fait entendre un fracas terrible et envoie une lueur flamboyante vers l'armée des Achéens qui sont saisis d'effroi en la voyant. [...]

Zeus affirme sa volonté de soutenir les Troyens

Les Achéens sont incapables de résister et Hector marche en avant victorieusement, semant la panique et tuant les Achéens restés en arrière. Les Achéens fuient comme des fous, se réfugiant derrière leur mur. Le soleil se couche dans l'océan et la lueur flamboyante disparaît au grand regret des Troyens et pour le bonheur des Achéens.

La nuit arrête les Troyens en face du camp achéen

Hector rassemble ses hommes à l'écart des navires achéens et du rempart.

Les Troyens campent toute la nuit sur le champ de bataille, fiers et pleins d'orgueil. Ils allument des feux innombrables et bivouaquent heureux.

Chant IX

Conseil nocturne chez les Achéens

Tandis que les Troyens restent sur leurs gardes, les Achéens cèdent à une panique folle. [...]

Cependant Agamemnon, terriblement chagriné, trouve les messagers à la voix forte et leur ordonne de convoquer tous les guerriers en assemblée, les appelant chacun par son nom mais sans crier. Tous s'asseyent tristement. Agamemnon se lève en sanglotant :

– Amis, guides et chefs des Argiens ! Zeus, fils de Cronos, m'a fait tomber dans un piège terrible. Le sadique ! Il m'avait promis que je ne repartirais qu'après avoir détruit Troie aux bons remparts et le voilà qui m'invite à rentrer à Argos déshonoré d'avoir fait périr tant d'hommes ! C'est donc là le bon plaisir de Zeus ! Eh bien, suivons tous l'avis que je donne : fuyons avec nos navires vers la terre de notre patrie. Il est trop tard, nous n'aurons pas Troie aux larges avenues.

Tous restent sans voix un long moment. C'est alors que Diomède prend la parole :

– Fils d'Atrée, c'est d'abord à toi que je m'en prendrai, à toi et à ta folie. Tu m'as traité de mou et lâche en présence des Danaens. [...] Le fils de Cronos le fourbe ne t'a pas tout accordé : il t'a donné le sceptre mais la vaillance, il te l'a refusée. C'est pourtant la force suprême... Pauvre fou ! Nous crois-tu à ce point mous et lâches, nous les fils des Achéens, pour nous parler ainsi ? Si ton cœur te pousse au retour, va! La route est devant toi et les navires qui t'ont suivi en masse depuis Mycènes sont toujours là, près de la mer. Mais d'autres resteront jusqu'au jour où nous aurons ravagé Troie. Et, s'ils veulent fuir, qu'ils fuient. Alors nous resterons deux à nous battre, Sthénélos et moi, jusqu'au bout, car ce sont les dieux qui ont décidé de notre présence ici.

D'un même cri les Achéens approuvent, ravis, les paroles de Diomède.

Nestor, le bon meneur de char, se lève alors :

– [...] Très glorieux Agamemnon, protecteur de ton peuple, tu es seigneur de milliers d'hommes et c'est la volonté de Zeus. Aussi, il te faut, plus que d'autres, parler et écouter et, au besoin, agir après que chacun a parlé. Je dirai, moi, ce qui me paraît le meilleur et personne n'aura d'idée aussi bonne. Depuis longtemps déjà, c'est mon avis, depuis le jour où tu as enlevé Briséis à Achille. J'ai tenté avec insistance de t'en empêcher mais tu as cédé à ton orgueil et tu as offensé le plus vaillant des hommes, chéri des dieux, en lui prenant sa part d'honneur. Allons, il n'est pas trop tard, trouvons le moyen de calmer sa colère et de le convaincre avec de beaux cadeaux et des mots apaisants.

Offres d'Agamemnon

Agamemnon, protecteur de son peuple, dit alors :

– Hélas, vieillard, tu n'as pas menti en énumérant mes erreurs et je ne les nie pas [...]. Je veux faire amende honorable et, pour me repentir, offrir à Achille une immense rançon. Je vais vous énumérer les illustres présents que je vais lui faire : sept trépieds n'ayant jamais connu le feu, dix talents[1] d'or, vingt bassins étincelants, douze chevaux puissants nés pour la victoire [...]. Je lui donnerai encore sept femmes parfaites au travail et, avec elles, Briséis que je lui ai prise et je jurerai même que je ne l'ai jamais touchée. Il aura tout cela tout de suite. Et si les dieux nous permettent de ravager la vaste cité de Priam, il n'aura qu'à se présenter au moment du partage du butin : qu'il charge son navire d'or et de bronze à volonté et qu'il se choisisse vingt Troyennes, les plus belles après Hélène. Enfin, si nous devons rentrer chez nous un jour, je ferai de lui mon gendre et je l'honorerai. Je possède trois filles dans mon grand manoir : il pourra emmener celle de son choix sans me faire de cadeaux. Quant à moi, je la doterai[2] comme personne n'a jamais doté sa fille. Et je lui donnerai, à lui, sept de mes bonnes villes, toutes proches de la mer [...]. Voilà ce que je suis prêt à faire s'il renonce à sa colère. Qu'il cède ! Seul Hadès est inflexible et c'est pourquoi il est le dieu le plus haï des hommes.

– Cette fois, il n'y a rien à redire, très glorieux Agamemnon ! s'exclame Nestor. Envoyons donc sans plus attendre des messagers jusqu'au baraquement d'Achille, le fils de Pélée. Que ceux que je vais désigner m'obéissent ! Phénix servira de guide au grand Ajax et au divin Ulysse et Odios et Eurybate les escorteront. [...]

1→ Le talent est une monnaie de la Grèce antique qui vaut 6 000 drachmes, la drachme étant l'unité.

2→ Coutume selon laquelle le père offrait des biens à sa fille pour son mariage. Ces biens s'appellaient la dot et c'était ce qu'une femme apportait à son mari lorsqu'elle s'unissait à lui.

L'ambassade chez Achille

[...] Ils arrivent aux baraquements des Myrmidons et y trouvent Achille qui chante les exploits des guerriers en s'accompagnant d'une cithare au joli son. Patrocle est assis en face de lui. Ils s'avancent, Ulysse en tête, et s'arrêtent devant Achille. Surpris, Achille se lève d'un bond sans lâcher sa cithare et Patrocle se lève aussi. Avec un geste d'accueil, il dit :

– Salut à vous. Vous venez en amis, sans doute, à moins qu'un grand malheur vous amène. Vous restez, malgré ma colère, les deux Achéens les plus chers à mon cœur.

Il les fait asseoir sur des sièges et des tapis de pourpre. Puis il demande à Patrocle de préparer le mélange de vin dans un grand cratère et de donner des coupes à chacun. Vite, Achille pose sur un grand billot[1] un dos de brebis, un dos de chèvre grasse et l'échine d'un porc bien gavé.

Automédon tient la viande et Achille la découpe en morceaux et l'enfile sur des broches. Patrocle allume un grand feu et, quand la flamme tombe, il étale la braise et suspend les broches au-dessus qu'il saupoudre de sel divin. Quand la viande est enfin rôtie, il la fait glisser sur des plateaux qu'il dispose sur la table avec de belles corbeilles de pain. Et tandis que Patrocle distribue le pain, Achille partage la viande. Il s'assied en face d'Ulysse et demande à Patrocle de faire l'offrande aux dieux. Patrocle jette dans le feu la part réservée aux offrandes. Ensuite, chacun tend ses mains vers les nourritures préparées et

1• Tronçon de bois gros et court dont la partie supérieure est aplanie.

servies. Quand ils sont rassasiés et désaltérés, Ajax fait un signe à Phénix mais le divin Ulysse l'aperçoit, il emplit sa coupe de vin et la lève vers Achille :

Discours d'Ulysse

– Salut Achille ! [...] Nous venons de faire un festin mais faire un repas agréable n'est pas notre principale préoccupation. Nous voyons arriver un trop grand désastre et nous avons peur. Serons-nous capables de sauver nos navires ? Les bouillants Troyens et leurs illustres alliés[1] venus de loin ont établi leur camp tout près du rempart. Ils ont allumé des feux partout et pensent que nous ne tiendrons plus. Zeus, fils de Cronos, a lancé ses éclairs à leur droite[2] comme des signes favorables. Hector, ivre de sa force, agit comme un fou furieux ; confiant en Zeus, il ne respecte ni hommes ni dieux. Il est comme enragé. Il ne vit que pour le moment où l'aurore va apparaître et il assure qu'il abattra bientôt les éperons de nos navires, y mettra le feu et massacrera les Achéens effrayés par la fumée. J'ai vraiment peur que les dieux ne laissent ses menaces s'accomplir et que notre destin soit de mourir à Troie, loin d'Argos. Allons, lève-toi donc, même au dernier moment, si tu as envie de sauver les fils des Achéens. Sinon, tu seras le premier à le regretter plus tard. Car, quand le mal est fait, il n'y a plus de remède. Pense donc plutôt à écarter le jour du malheur des Danaens. Mon ami,

1→ Ces alliés viennent de toute l'Asie, de l'Éthiopie comme Memnon, fils de l'Aurore, qui sera tué par Achille.

2→ En matière de présage, on estimait que tout ce qui venait de la droite était favorable, contrairement à ce qui arrivait de la gauche.

c'est ce que ton père, Pélée, te recommandait le jour où il t'a envoyé vers Agamemnon :

« Mon enfant, c'est Athéna et Héra qui te donneront la victoire si elles le veulent mais c'est à toi de maîtriser ton orgueil : la bienveillance est toujours préférable. Étouffe ta colère. » Voilà ce que te disait le vieil homme et toi, tu l'as oublié. Mais il n'est pas trop tard, calme-toi, et renonce à la colère qui te ronge ! Si tu renonces à ta colère, Agamemnon t'offrira de dignes présents. Écoute-moi t'énumérer tous les cadeaux qu'Agamemnon a promis de te donner dans son baraquement : sept trépieds n'ayant jamais connu le feu, dix talents d'or, vingt bassins étincelants, douze chevaux puissants nés pour la victoire [...]. Il te donnera encore sept femmes parfaites au travail et, avec elles, Briséis qu'il t'a prise, et te jurera même qu'il ne l'a jamais touchée. Tu auras tout cela tout de suite. Et si les dieux nous permettent de ravager la vaste cité de Priam, tu n'auras qu'à te présenter au moment du partage du butin : charge ton navire d'or et de bronze à volonté et choisis-toi vingt Troyennes, les plus belles après Hélène. Enfin, si nous devons un jour rentrer chez nous, tu seras son gendre et il t'honorera. Il possède trois filles dans son grand manoir : tu pourras emmener celle de ton choix et sans faire de cadeaux. Quant à lui, il la dotera comme personne n'a jamais doté sa fille. Et il te donnera aussi sept de ses bonnes villes, toutes proches de la mer [...]. Voilà ce qu'Agamemnon est prêt à faire si tu renonces à ta colère. [...]

Réponse d'Achille

En réponse, Achille aux pieds rapides lui dit :

– Divin fils de Laerte[1], Ulysse aux mille ruses, je vais vous dire brutalement ce que je veux faire, ça vous évitera ainsi de bavarder l'un après l'autre, assis à mes côtés. Je déteste autant que l'Enfer celui qui pense une chose et en dit une autre. Moi, je vais vous faire part de ce qu'il faut dire. Eh bien ! et c'est ma conviction, ni Agamemnon ni les autres Danaens ne pourront jamais me convaincre puisque je n'ai gagné aucune reconnaissance à me battre avec obstination et sans trêve avec l'ennemi : c'est la même part du butin pour qui reste chez lui et pour qui se bat sans relâche ; c'est le même honneur pour le lâche et pour le brave ! [...] J'ai passé des nuits infinies, sans sommeil, j'ai traversé des jours sanglants à lutter contre d'autres hommes pour leur prendre leurs femmes. Avec mes vaisseaux j'ai pris et saccagé douze villes et j'en ai pris onze sur terre ; j'ai tout donné au fils d'Atrée, Agamemnon. Lui est resté en arrière près des vaisseaux rapides. Il recevait ce que j'avais gagné, en distribuait peu mais en gardait beaucoup. De plus, il a accordé des parts d'honneur aux chefs et aux rois et ils les ont gardées, eux ! Je suis le seul des Achéens à qui il ait volé sa part d'honneur ! Il a ma douce épouse : il n'a qu'à coucher avec elle et en profiter ! Mais pourquoi alors faut-il que les Argiens combattent les Troyens ? Pourquoi le fils d'Atrée, Agamemnon, a-t-il conduit cette armée ici ? N'est-ce point

1→ Roi d'Ithaque et père d'Ulysse.

pour Hélène ? Les Atrides sont-ils les seuls mortels à aimer leurs femmes ? Tout homme bon et sensé aime la sienne et la protège. Et celle-là, je l'aimais, moi, du fond du cœur même si elle n'était qu'une captive. Il me l'a arrachée des mains, elle, ma part d'honneur ; il m'a trompé et qu'il ne cherche pas à m'amadouer, je le connais bien et il ne me persuadera pas !

Qu'il se préoccupe plutôt avec toi, Ulysse, et les autres rois d'éloigner le feu des navires ! Il a déjà bien travaillé sans moi : il a bâti un mur et un fossé, planté des pieux. Pour autant, il n'est pas en mesure de maîtriser la force d'Hector le meurtrier. Quand je combattais, moi, avec les Achéens, Hector n'a jamais osé porter le combat hors des murs. Il n'allait pas plus loin que les portes Scées et le chêne. C'est là qu'un jour il m'attendit. J'étais seul et il a eu du mal à m'échapper. Désormais, c'est moi qui refuse de me battre avec Hector. Demain, après avoir fait un sacrifice à Zeus et à tous les dieux, je tirerai mes navires à la mer et tu les verras voguer, si ça t'intéresse, de bon matin sur l'Hellespont[1]. [...]

Dites franchement tout cela au roi Agamemnon. Je ne veux plus discuter ni agir avec lui ! Qu'il aille en paix à sa perte ! Zeus, le sage, lui a ôté la raison... Ses présents me font horreur ! Il pourrait m'offrir dix fois, vingt fois tout ce qu'il possède [...], il pourrait même m'offrir des biens aussi nombreux que les grains de sable ou de poussière qu'il ne me persuaderait pas, avant d'avoir lavé l'affront

1→ Ancien nom du détroit des Dardanelles.

qu'il m'a fait. Quant à sa fille, non, non, je ne l'épouserai pas même si elle était plus belle qu'Aphrodite d'or et plus habile aux travaux qu'Athéna aux yeux pers. Il n'a qu'à choisir un autre Achéen qui convienne à son rang, qui soit plus roi que moi ! Moi, si les dieux me protègent et si je rentre chez moi, Pélée saura bien me trouver une femme. Ce ne sont pas les Achéennes qui manquent dans l'Hellade[1] et je choisirai parmi elles qui je voudrai pour en faire mon épouse et je jouirai là-bas, tranquille, des biens de mon père, le vieux Pélée. Pour moi, rien ne vaut la vie, pas même les richesses de Troie ! On peut enlever des bœufs et des moutons vigoureux, on peut acheter des trépieds et des chevaux à la crinière fauve mais la vie d'un homme, elle, est sans retour : on ne peut l'enlever ni l'acheter dès qu'elle a franchi la porte de la mort. Ma mère, Thétis, la déesse aux pieds d'argent, me l'a souvent dit : une double destinée m'emporte vers la mort. Si je reste ici à me battre autour de Troie, point de retour pour moi mais une gloire impérissable. Si je rentre chez moi, ma gloire disparaît mais une longue vie m'attend. C'est même le conseil que je vous donne à tous : reprenez la mer car il est trop tard, jamais vous ne verrez la chute de Troie. [...] Portez mon message aux chefs des Achéens. Quant à Phénix, il peut rester et passer la nuit ici et, s'il veut, bien sûr, me suivre à bord de nos bateaux.

1→ Nom grec pour la Grèce.

Voir et comprendre

LES ŒUVRES D'ART

Antiquité grecque

Tous les héros de l'*Iliade* figurent sur les vases grecs dont les motifs illustrent les histoires mythologiques et les gestes quotidiens. On appelle ces vases « lécythes » car ils contenaient de l'huile (en grec, ce mot signifie « fiole à huile »). Ils sont en céramique et ont une forme de cylindre allongé.

Duel de Ménélas et Pâris. Le détail de ce vase représente le combat qui oppose Ménélas, le mari d'Hélène, à son amant Pâris, au chant III de l'*Iliade*. La scène se déroule sous les remparts de Troie. Ce duel est très important puisqu'il devait arrêter les horreurs de la guerre : Pâris prenait conscience de sa responsabilité dans ce conflit qui faisait périr en masse Grecs et Troyens. Malheureusement, la guerre se poursuivra. Aphrodite se tient au côté de Pâris, car elle va le sauver, en le retirant du combat pour le ramener à Hélène.

Achille et Hector. Voici un lécythe très caractéristique et très élégant avec sa forme allongée et son anse. On assiste à la célèbre scène où le corps d'Hector est traîné par Achille à trois reprises autour du tombeau de Patrocle au chant XXIV, à la fin de l'*Iliade*.

Le cadavre d'Hector traîné par Achille. Lécythe. Vᵉ siècle av. J.-C.

Duel de Ménélas et Pâris. Coupe grecque. Ve siècle av. J.-C.

Détail du vase. Sur la céramique, les figures noires se découpent avec précision sur le fond blanc selon un art très prisé des artistes d'alors. On voit nettement le corps outragé d'Hector qui traîne, nu, sur le sol et l'ombre de Patrocle qui hante l'esprit d'Achille.

Antiquité grecque et romaine

Le chant XXIII, à la fin de l'*Iliade*, décrit les jeux funèbres donnés par Achille en hommage à Patrocle : la course de chars, le pugilat, la lutte, la course à pied, le combat armé (sorte d'escrime), le lancer du disque, le tir à l'arc et le lancement du javelot sont à l'origine des Jeux olympiques.

Le discobole. C'est l'athlète qui pratique l'art de lancer le disque ou le palet fait de pierre ou de fer. Cette représentation du sculpteur Myron (Ve siècle avant J.-C.) est célèbre dans le monde entier. Dans l'*Iliade*, Homère explique bien comment l'athlète doit faire tournoyer son disque avant de le lancer. Les premiers Jeux olympiques ont été donnés à Olympie en l'honneur de Zeus, officiellement en 776 avant J.-C. Dans les Jeux olympiques modernes, le disque est en bois cerclé de métal. Il pèse 2 kg pour les hommes et 1 kg pour les femmes. La technique n'a pas changé : le vainqueur est celui qui lance le disque le plus loin possible.

La lutte. Deux adversaires s'opposent dans un corps à corps très rude selon des règles de prises précises. Le but est de terrasser l'autre. On parle aujourd'hui de lutte « gréco-romaine » car les Romains la pratiquaient aussi. Dans l'*Iliade*, Achille ne peut départager Ulysse et Ajax et les déclare *ex æquo*.

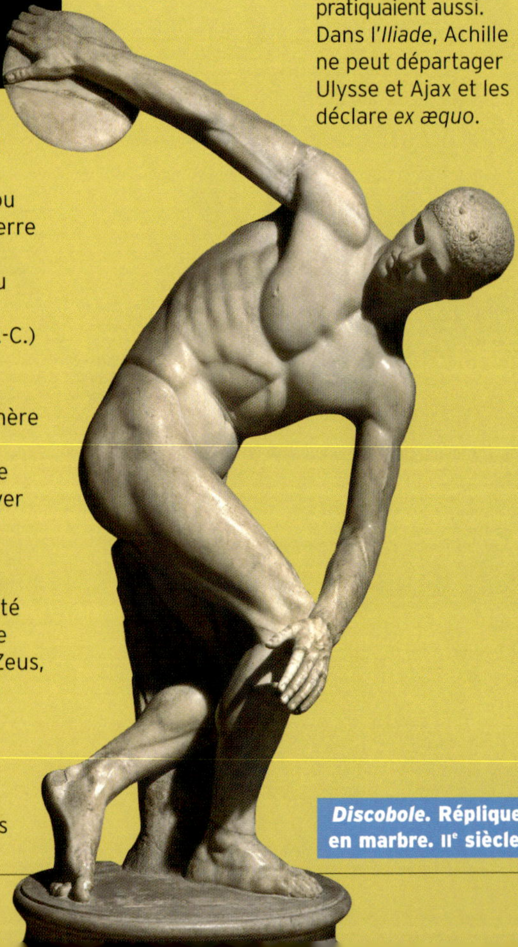

***Discobole*. Réplique en marbre. IIe siècle.**

Lutteurs. Mosaïque. IIIe siècle.

L'Aurige de Delphes. Voici une partie du célèbre Aurige de Delphes, bronze très impressionnant. L'aurige est un conducteur de char, mais ici le char a disparu et il reste le corps de cet homme disproportionné dans sa taille et les rênes qu'il tient à la main. On est saisi par les yeux de cet aurige dont l'iris et la pupille en pierre de couleur se détachent de la cornée en pâte de verre blanche. Le cinéma s'est emparé de la course de chars : *Ben-Hur*, de William Wyler (1960), est dans toutes les mémoires.

Aurige de Delphes. Détail. Sculpture en bronze. Ve siècle av. J.-C.

C'est le sujet de l'*Iliade*. Troie, en grec, se dit *Ilion*. L'*Iliade* raconte la dixième et dernière année de la guerre au moment où Achille, qui boudait le combat, décide de se battre pour venger son ami Patrocle. Grecs et Troyens s'entretuent à cause d'Hélène de Sparte que Pâris a séduite et emmenée à Troie.

Priam rachetant le corps d'Hector. Cet épisode est l'un des plus émouvants de l'*Iliade* : Priam, avec l'aide des dieux, arrive, sans être reconnu, jusqu'au baraquement d'Achille et le supplie de lui rendre le corps de son fils pour qu'il ait des funérailles dignes à Troie. Il apporte au meurtrier de son fils une énorme rançon. Achille, ému aux larmes, lui offre l'hospitalité et lui rend son fils.

Le cheval de Troie. L'épisode du cheval de Troie est celui dont artistes et cinéastes se sont le plus inspirés. Mais attention : le célèbre cheval n'apparaît pas dans l'*Iliade* mais dans le chant VIII de l'*Odyssée*. Trente vers seulement sont cosacrés à ce cheval imaginé par Ulysse et offert par les Grecs aux Troyens.

***Priam rachetant le corps d'Hector.* Plat de faïence. Vers 1535.**

***Le cheval de Troie*. Enluminure. 1464.**

La Renaissance, mouvement artistique né au XVe siècle en Italie, s'étend progressivement dans toute l'Europe. C'est un retour aux idées et à l'art gréco-latins. Il est donc naturel que la mythologie grecque et les grandes épopées antiques aient inspiré des peintres comme Raphaël ou Léonard de Vinci.

***Scène de bataille.* G. Romano. Fresque. XVIe siècle.**

Scène de bataille. Ce détail d'une scène de bataille de l'*Iliade* est très représentatif car guerriers et dieux y figurent. Comme ces combattants armés de leurs piques, ces malheureux écrasés par le char et ses chevaux sont réalistes ! La présence divine évoquée sur un nuage (sans doute s'agit-il de Zeus) illustre l'implication directe des dieux dans l'*Iliade*. Homère décrit crûment les horreurs de la guerre dans l'*Iliade*, le sang y coule à flots ! Mais dans ce tableau, curieusement, une certaine douceur émane de cette scène de violence par la grâce du dessin et les couleurs pastel.

Le XVIIIe siècle, dit « Siècle des lumières », est marqué par le déclin de la monarchie et de la religion. Les mythes antiques sont une source d'inspiration particulièrement vive. Des peintres comme David ou Tiepolo n'ont pas résisté à l'attrait de l'*Iliade* qu'ils ont souvent illustrée.

Briséis amenée à Agamemnon.
C'est la grande affaire, la goutte qui fait déborder le vase, la raison pour laquelle Achille va refuser de se battre. Agamemnon reprend à Achille sa « part de butin », en l'occurrence la jeune Briséis. C'est dans le premier chant de l'*Iliade* que nous est conté l'épisode, et Homère dit bien que Briséis suit les messagers d'Agamemnon à contrecœur. Achille, inconsolable et en colère, se plaint à sa mère Thétis et décide de bouder le combat. Dans ce tableau du peintre italien Tiepolo, on voit la toute-puissance d'Agamemnon qui regarde arriver la jeune fille apeurée et attristée.

Briséis amenée à Agamemnon. **G. B. Tiepolo. Peinture. XVIIIe siècle.**

Elle est au fond du tableau, en retrait, pas encore levée, devant un Agamemnon debout, imposant et resplendissant.

Comme il paraît grand par rapport à la jeune captive presque effacée !

A l'époque romantique, au XIXe siècle, les artistes revisitent les thèmes traditionnels de l'Antiquité grecque avec une sensibilité exaltée et un lyrisme tout particulier. Parmi les peintres qui ont illustré l'*Iliade*, on peut citer Corot, Gustave Moreau, Ingres, Delacroix ou encore David.

Hélène sur les murs de Troie. Hélène, c'est la femme du scandale, la femme fatale, celle qui déclenche la guerre de Troie parce qu'Aphrodite en a décidé ainsi. Ce tableau de Gustave Moreau a lui-même une histoire mystérieuse puisqu'il a disparu lors d'une vente en 1913. Il a inspiré de nombreux écrivains et donne une image inhabituelle de l'héroïne. On y aperçoit une Hélène presque fantomatique, sur un piédestal au-dessus d'un amas de cadavres.

Hélène sur les murs de Troie. **G. Moreau. Dessin. XIXe siècle.**

Elle tient une fleur à la main et paraît figée dans une grande tristesse, comme accablée de sa responsabilité dans la guerre de Troie qui se livre à ses pieds.

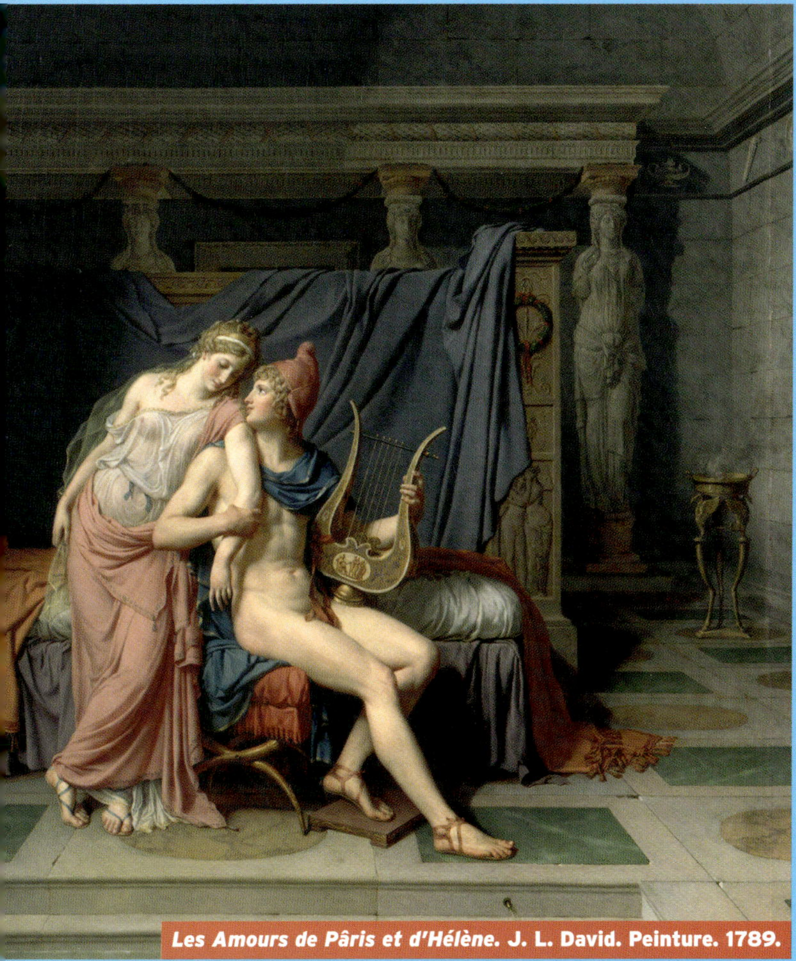

Les Amours de Pâris et d'Hélène. J. L. David. Peinture. 1789.

Les amours de Pâris et d'Hélène. Dans le chant III, Aphrodite soustrait Pâris du combat contre Ménélas et elle demande à Hélène, spectatrice depuis les remparts, de la suivre jusqu'à la chambre de Pâris : l'attitude alanguie et la tendre complicité des héros renforcent la sensualité qui se dégage de ce tableau jusque dans le décor lui-même.

Opéra et cinéma

L'*Iliade* et ses héros ont inspiré toutes les formes d'art, y compris les plus populaires. L'opéra comme le cinéma étaient bien entendu tout indiqués pour faire de cette épopée des spectacles visuels, poétiques et éblouissants.

***La Belle Hélène* (opéra).**
En 1864, Jacques Offenbach donne à Paris un opéra-bouffe en trois actes sur un livret de Halévy et Meilhac qui montre les personnages de la guerre de Troie sous un jour burlesque. C'est la fameuse « *Belle Hélène* ». Dans le monde entier, cette opérette très divertissante remporte un succès qui ne se dément pas.

***La Belle Hélène.* Théâtre du Chatelet. 2000.**

***Troie* (film).**
Le film *Troie* a fait sensation lors de sa sortie en 2004. Le cinéaste, Wolfgang Petersen, a étudié le grec et son adaptation de l'*Iliade* est assez réussie. Seuls les dieux ne sont pas présents à l'écran. En revanche, Brad Pitt campe un Achille crédible et humain. On le voit ici en pleine action et l'on admirera l'armure et les armes d'Héphaïstos !

Scène du film *Troie*. 2004.

Scène du film *Troie*. 2004.

Phénix prend la parole alors que les autres sont pétrifiés par le refus d'Achille. Il raconte comment, forcé de fuir sa patrie, il a été recueilli par Pélée, comment il a éduqué Achille qu'il considère comme son fils. C'est au nom de cette affection ancienne que Phénix supplie Achille de renoncer à sa colère et de changer d'avis. Mais Achille reste sur ses positions malgré une dernière intervention d'Ajax.

Retour de l'ambassade

Ulysse raconte à Agamemnon ce qui s'est passé. Et Diomède s'exclame :

– Illustre fils d'Atrée, Agamemnon, tu n'aurais pas dû ainsi supplier l'irréprochable fils de Pélée ni lui offrir tant de présents ! Il a déjà assez d'orgueil comme cela, tu viens de l'en gonfler davantage. Laissons-le s'en aller ou rester à son gré ! Il reprendra le combat quand il voudra ou quand un dieu l'y invitera. Pour l'heure, allez dormir et dès que l'aurore aux doigts de rose paraîtra, fais ranger au plus vite les hommes et les chars devant les navires, excite-les au combat et mets-toi en première ligne.

Tous les rois approuvent et, les libations finies, chacun rejoint son baraquement afin de s'endormir enfin.

Chant X

Pendant la nuit, Ulysse et Diomède se concertent et décident d'épier les abords du camp ennemi. Ils découvrent un espion troyen, l'interrogent et le tuent. Grâce aux informations recueillies, ils s'infiltrent dans le camp et massacrent Rhésos, le roi de Thrace, et ses compagnons, pendant leur sommeil. Ils s'emparent du butin et regagnent leurs baraquements.

Chant XI

C'est l'aurore et Zeus envoie la déesse de la Discorde, Iris, lancer son cri de guerre parmi les Achéens qui ne pensent plus qu'à se battre. Les Troyens sont prêts autour d'Hector, et les uns se ruent sur les autres pour se massacrer tels des loups.

Exploits d'Agamemnon

[...]

Toute la matinée, les armes volent des deux côtés et les guerriers tombent. Mais au milieu du jour, les Danaens s'encouragent entre eux de rang en rang et enfoncent brusquement les bataillons troyens. Agamemnon, le tout premier, s'élance et trucide Biénor puis son compagnon Oïlé qui a sauté de son char pour l'affronter. Mais alors qu'il fonce droit sur lui, Agamemnon lui plante sa javeline aiguë entre les deux yeux malgré l'épaisse visière de bronze qui est transpercée avec l'os. Toute la cervelle jaillit à l'intérieur du casque et l'homme est terrassé en plein élan. Agamemnon les abandonne sur place, les poitrines éclatantes de blancheur au soleil, car il les a dépouillés de leur cuirasse.

Puis il va tuer Isos et Antiphe, tous deux fils de Priam, l'un bâtard, l'autre légitime, ensemble sur le même char. [...] Il atteint de sa lance le premier à la poitrine, au-dessus du sein, frappe le second à l'oreille avec son épée et le jette du char. Très vite, il les dépouille de leurs belles armes. [...]

C'est au tour de Pisandre et du courageux Hippoloque d'être tués, tous deux fils d'Antimaque. [...]

Ils proposent à Agamemnon une belle rançon contre leur vie mais Agamemnon leur rappelle que leur père avait voulu un jour la mort de Ménélas et d'Ulysse.

Agamemnon fait tomber Pisandre de son char et le frappe en pleine poitrine : le guerrier s'écrase contre le sol. Hippoloque fait un bond pour s'enfuir mais Agamemnon le tue et, alors qu'il est à terre, lui coupe les mains et lui tranche la tête qu'il envoie rouler comme une boule à travers la foule.

Puis il les laisse là et s'élance dans le tourbillon des bataillons. Et les Achéens aux bonnes jambières de lui emboîter le pas. Les fantassins tuent les fantassins, obligés de fuir, les meneurs de char tuent les meneurs de char et des nuages de poussière que soulèvent les sabots sonores des chevaux montent de la plaine. Les Achéens massacrent à tout-va, le bronze à la main. Le roi Agamemnon les suit, tuant sans répit et exhortant les Argiens. Comme un feu dévastateur qui s'abat sur une épaisse forêt avec un vent qui emporte tout avec lui, Agamemnon fait tomber les têtes des Troyens en fuite.

Bien des chevaux à la fière encolure entraînent avec fracas leurs chars vides dans le champ du combat, regrettant l'absence de leurs conducteurs irréprochables qui gisent là, sur le sol, plus désirables à présent pour les vautours que pour leurs épouses.

Zeus cependant éloigne Hector des javelines, de la poussière, du massacre, du sang et du tumulte. Agamemnon, lui, les mains souillées d'une boue sanglante, poursuit avec acharnement les Troyens qui fuient vers leur ville.

Mais les voici qui arrivent aux portes Scées et au chêne. Ils s'arrêtent et s'attendent les uns les autres. Certains continuent à s'enfuir par la plaine. [...] Et tel un lion pourchassant des vaches qu'il a épouvantées, Agamemnon pourchasse les Troyens, massacrant toujours les derniers de sa lance.

Zeus alors envoie la déesse Iris trouver Hector qui, lui obéissant, remet les choses en ordre. Agamemnon est blessé au bras par Coon et doit se retirer du combat. Diomède est blessé au pied par Pâris et Ulysse au flanc par Socos. Ils se retirent également du combat. Seul Ajax tient tête aux Troyens. Mais voilà que le médecin le plus doué de l'armée achéenne, le célèbre Machaon, est blessé à son tour par Pâris qui lui a décoché une flèche à trois pointes dans l'épaule droite. Achille, qui regardait le combat du haut d'un navire, pense avoir reconnu le fameux médecin et demande à Patrocle d'aller voir de plus près. Patrocle en chemin rencontre Nestor. Ce dernier le supplie de convaincre Achille de reprendre le combat. Il lui soumet une ruse si Achille s'entête à refuser de combattre. Il lui suggère d'envoyer les célèbres Myrmidons se battre sous le commandement de Patrocle et de prêter à son compagnon ses armes invincibles. Ainsi les Troyens croiront qu'ils ont affaire à Achille et prendront la fuite!

Chant XII

Les Troyens sont arrivés au pied du rempart que les Achéens ont construit et protégé par un grand fossé. Mais ce rempart doit être détruit parce qu'il a été bâti sans que les dieux aient été honorés par les hécatombes rituelles. Il sera détruit après la chute de Troie de la façon suivante : Poséidon et Apollon lâcheront les eaux des deux fleuves de la plaine, le Scamandre et le Simoïs, et leurs flots emporteront le mur.

Les Troyens se disposent à attaquer le mur

[...]

Pour l'heure, la bataille fait rage autour du mur solide et les poutres du rempart résonnent sous les coups. Domptés par le fouet de Zeus, les Argiens se replient près de leurs vaisseaux. Ils redoutent Hector, passé maître dans l'art de la déroute.

Hector, fidèle à lui-même, est un véritable ouragan au combat. [...] Il va par la foule, supplie ses camarades et les encourage à franchir le fossé. Pourtant, ses propres chevaux aux sabots rapides hésitent et hennissent furieusement au bord du fossé : sa largeur les effraie. Il est difficile à sauter ou à traverser avec ses bords en surplomb hérissés de pieux pointus.

Polydamas explique à Hector que ni les meneurs de char ni les fantassins ne pourront franchir ce mur. Hector est d'accord.

Hector saute de son char, en armes. Les autres Troyens en font autant. Chaque guerrier ordonne ensuite à son cocher de retenir les chevaux en bon ordre, au bord du fossé. Puis ils se regroupent en cinq corps et se mettent en marche derrière leurs chefs. Les uns suivent Hector et Polydamas : ce sont les plus nombreux, ceux à qui il tarde d'enfoncer le rempart pour combattre près des navires. [...] En tête du second corps, voici Pâris qui avance avec Alcathos et Agénor. En tête du troisième corps ce sont Hélénos et Déiphobe, tous deux fils de Priam, et Asios[1] d'Arisbé. A la tête du quatrième marche Énée, le noble fils d'Anchise, accompagné des deux fils d'Anténor, Archéloque et Acamas. A la tête du cinquième, Sarpédon, chef illustre des alliés, flanqué de Glaucos et d'Astéropée. [...]

Tous suivent les conseils de Polydamas sauf Asios. Il s'élance avec son char vers la gauche des navires où il reste une porte ouverte pour laisser le passage aux Achéens mais elle est gardée par deux guerriers lapithes[2] et la tentative d'Asios tourne au massacre.

1→ Asios est le frère d'Hécube, c'est donc l'oncle maternel d'Hector.
2→ Peuple semi-légendaire de Thessalie, connu surtout par le combat qui les opposa aux Centaures.

Hector se refuse à écouter Polydamas

Alors que les Lapithes dépouillent les morts de leurs armes étincelantes, de jeunes guerriers marchent à la suite de Polydamas et d'Hector. Ce sont les plus nombreux et les plus courageux, les plus pressés aussi d'enfoncer le rempart pour mettre le feu aux navires. Mais ils s'arrêtent au bord du fossé. Un présage vient de leur apparaître : un aigle vole très haut en laissant l'armée à sa gauche. Il porte dans ses serres un énorme serpent ensanglanté qui se débat encore et qui, en effet, mord l'oiseau à la poitrine, près du cou en se repliant soudain en arrière. L'aigle alors le lâche de douleur, le laisse tomber au milieu de la foule et s'envole en criant. Les Troyens frissonnent en voyant le serpent se tordre au milieu d'eux, présage de Zeus.

Polydamas alors essaie de dissuader Hector de poursuivre le combat à cause de ce sombre présage mais Hector refuse de l'écouter.

Hector montre le chemin et les autres le suivent avec des hurlements de joie. Zeus tonnant fait alors se lever depuis le mont Ida une bourrasque de vent qui porte la poussière droit sur les navires. Il engourdit en même temps l'esprit des Achéens et accorde la victoire à Hector et aux Troyens. Ces derniers, rassurés par ces prodiges et confiants dans leurs propres forces, tentent d'enfoncer le grand mur des Achéens. Ils tirent les corbeaux[1] du rempart, font crouler les parapets,

1→ En architecture, ce sont des pierres, des pièces de bois ou de métal qui dépassent d'un mur.

soulèvent les piliers dressés sur le sol en avant du mur pour le soutenir. Mais les Danaens ne sont pas prêts encore à céder. Avec leurs boucliers, ils renforcent les parapets et, de là, tirent sur les ennemis qui s'avancent sous la muraille.

Les deux Ajax[1] raniment la défense et Sarpédon a beau faire, les Achéens résistent.

Beaucoup voient leur chair entaillée. Partout, le rempart et les parapets sont inondés de sang humain, troyen et achéen. [...] Le combat s'équilibre de lui-même jusqu'au moment où Zeus accorde triomphe et gloire à Hector, le fils de Priam, qui s'élance le premier sur le mur des Achéens et s'écrie d'une voix puissante :

– En avant, Troyens, dompteurs de chevaux ! Enfoncez donc le mur des Argiens et faites un feu monstrueux avec leurs navires !

Il les encourage ainsi et tous ont entendu. Ils foncent en masse compacte sur le mur. Ils grimpent sur les corbeaux, javelines pointues à la main, tandis qu'Hector saisit une pierre large et aiguë que pas même deux hommes d'aujourd'hui ne pourraient soulever. Il la tient, lui, d'une seule main, car Zeus la rend légère. Il va droit vers les solides battants de la porte. A l'intérieur, deux barres la ferment, verrouillées par une clef. Il se place tout près de la porte, jambes écartées, puis de toutes ses forces lance la pierre au

1→ Deux héros grecs, se battant ensemble contre les Troyens, portent le même nom mais l'un est le fils d'Oïlée et l'autre le fils de Télamon, considéré comme le plus vaillant des guerriers après Achille. Ajax, fils de Télamon, est le plus célèbre des deux.

milieu. Il rompt les gonds et la pierre retombe à l'intérieur de tout son poids. La porte mugit bruyamment, les barres cèdent, les battants de la porte éclatent en tous sens sous le choc. Alors Hector s'engouffre dans l'ouverture, pareil à la nuit rapide. Il brille de tout l'éclat terrible du bronze qui couvre son corps et tient deux lances au poing. Personne, sauf un dieu, n'oserait se mettre en travers de son chemin. Le feu brûle dans ses yeux. Il se tourne vers la foule et ordonne aux Troyens de sauter le mur. Tous obéissent ; les uns escaladent le mur, les autres se répandent par la porte. Les Danaens s'enfuient vers leurs navires dans des hurlements sans fin.

Chant XIII

Poséidon au secours des Achéens

Quand Zeus a ainsi mis Hector et les Troyens au contact des navires danaens, il laisse là les combattants subir peine et misère et il détourne d'eux ses yeux éclatants. Son cœur ne peut croire qu'aucun Immortel n'ira porter de l'aide aux Troyens ni aux Danaens.

Mais le puissant Ébranleur de la Terre[1] ne veille pas pour rien. Assis sur le plus haut pic de Samothrace, il peut

1→ C'est ainsi qu'est surnommé Poséidon, dieu des Mers et Océans.

tout voir : l'Ida, la ville de Priam et les navires achéens. Il a quitté la mer pour venir s'asseoir là et il a pitié des Achéens. Il en veut violemment à Zeus.

Il descend soudain de la montagne escarpée et s'avance à grands pas rapides. Les hautes montagnes et la forêt tremblent, tout tremble sous les pieds immortels de Poséidon. En quatre enjambées, il arrive à Éges où un palais illustre lui a été construit dans les profondeurs de la mer, un palais étincelant d'or, un palais éternel. Aussitôt arrivé, il attelle à son char deux coursiers aux pieds de bronze, au vol rapide et à la crinière d'or. Lui-même s'habille en or, prend son fouet d'or, puis monte sur son char qu'il pousse vers les flots. Les monstres marins bondissent de tous côtés pour le fêter, partout ils quittent leur cachette, tous reconnaissent leur seigneur. La mer s'ouvre avec allégresse, les chevaux s'envolent à toute allure sans mouiller l'essieu de bronze. C'est ainsi que le dieu est porté vers les navires achéens. Il existe au plus profond des abîmes de la mer, entre Ténélos et Imbros, une grande grotte. C'est là que Poséidon, Ébranleur de la Terre, arrête ses chevaux, les dételle du char, leur jette la nourriture divine et leur met des entraves d'or aux pieds, indestructibles. Ils doivent attendre leur maître qui pour le moment s'en va vers l'armée achéenne. [...] Sorti de la mer profonde, il s'est donné l'apparence du devin Calchas.

Sous l'apparence du vieux Calchas, Poséidon encourage les deux Ajax et les combats reprennent de plus belle. Le valeureux Crétois Idoménée se bat comme un diable, repousse les Troyens et tue Inos à la tête des attaquants. Hector, pourtant aidé par Pâris, a beaucoup de mal à maintenir ses troupes au combat. Ajax le provoque, alors Hector regroupe ses troupes et avance à leur tête, au milieu de cris assourdissants auxquels les Argiens répondent. Les hurlements parviennent jusqu'à Zeus.

Chant XIV

Agamemnon se décourage et suggère de prendre la fuite sur les navires pendant la nuit. Ulysse est furieux et Agamemnon renonce alors à son projet. Diomède, blessé, veut reprendre le combat. C'est alors que Poséidon vient à eux.

Poséidon pousse les Achéens à résister

Poséidon saisit la main droite d'Agamemnon et lui dit :

– Fils d'Atrée, sans doute en ce moment Achille sans cœur se réjouit en contemplant le massacre et la déroute des Achéens : il a perdu la raison.Qu'il crève donc et que le Ciel l'anéantisse ! Mais les dieux bienheureux sont loin de t'en vouloir, à toi, et le moment viendra, je crois, où à ton tour tu verras les chefs des Troyens prendre la fuite vers leur ville, loin des navires et des baraquements.

Sur ces mots, il s'élance dans la plaine en poussant un grand cri pareil à celui de neuf ou dix mille hommes en train de se massacrer et il donne à chaque Achéen une force infinie pour guerroyer sans relâche.

Héra se prépare à endormir Zeus

D'une cime de l'Olympe où elle s'est postée, Héra au trône d'or aperçoit brusquement son frère qui se démène dans la bataille et elle en est remplie de joie. Mais elle voit aussi Zeus assis sur le sommet de l'Ida et elle prend peur. La puissante Héra aux grands yeux hésite car elle ne sait pas comment tromper l'esprit de Zeus. Elle décide ce qui lui paraît être la meilleure solution : se faire belle et se rendre sur le mont Ida. Zeus éprouvera peut-être le désir de dormir amoureusement étendu contre son corps et elle en profitera alors pour le plonger dans un tendre et doux sommeil. Elle se dirige donc vers sa chambre où elle s'enferme. D'abord, elle nettoie son corps avec de l'ambroisie[1], puis elle s'enduit d'une huile onctueuse, divine et exquise dont le parfum est fait pour elle seule. Quand, dans le palais de Zeus, elle agite ce parfum, la Terre et le Ciel sont envahis de ses senteurs. Après avoir parfumé son beau corps, elle peigne elle-même ses cheveux et les tresse en nattes brillantes qui tombent de sa tête immortelle, belles et divines. Puis elle passe une robe divine que lui avait confectionnée Athéna en l'ornant de

1→ Nourriture des dieux qui rend immortel celui qui y goûte, mais ici l'ambroisie est une crème parfumée dont on se sert pour la toilette.

mille bijoux et broderies. Elle la noue sur ses seins avec des agrafes d'or. Elle entoure sa taille d'une ceinture à cent franges et accroche à ses oreilles percées des boucles à trois perles éclatantes. Enfin, la toute-divine couvre sa tête d'un voile tout beau, tout neuf et rayonnant comme le soleil. Elle chausse ses pieds luisants de belles sandales. Enfin, ainsi parée, elle sort de sa chambre, appelle Aphrodite à l'écart des autres dieux et lui dit :

– Voudrais-tu m'accorder, chère enfant, ce que je vais te demander ou me le refuseras-tu parce que tu m'en veux, au fond de toi, de soutenir les Danaens, quand toi tu soutiens les Troyens ?

Et la fille de Zeus, Aphrodite, répond :

– Héra, fille du grand Cronos, dis-moi ce que tu as dans la tête. Mon cœur me pousse à faire ce que tu demandes, si c'est en mon pouvoir.

Héra lui dit alors perfidement :

– Eh bien, donne-moi donc la tendresse et le désir avec lesquels tu séduis à la fois tous les dieux immortels et tous les mortels. Je m'en vais à l'autre bout de la Terre voir Océan, père des dieux, et Théthys[1], leur mère. [...] Je veux mettre fin à leurs disputes continuelles. Il y a longtemps qu'ils ne font plus l'amour et ne dorment plus dans le même lit tant ils ont de haine l'un pour l'autre. Si, par des mots flatteurs, j'arrive à toucher leurs cœurs et si je les ramène au lit où ils s'uniront d'amour, mon nom sera chéri et vénéré par eux à tout jamais.

1→ Théthys est la fille d'Ouranos et de Gaia, elle est mariée à son frère Océan. A ne pas confondre avec Thétis, la mère d'Achille.

Aphrodite, déesse des Sourires, lui répond :

– Il m'est impossible de te refuser ce que tu demandes car c'est toi qui dors dans les bras de Zeus, le plus puissant des dieux.

Elle détache alors de son sein le ruban brodé aux dessins variés où sont enfermés tous les pouvoirs magiques : tendresse, désir, propos amoureux et séducteurs qui trompent le cœur des plus sages. Elle le met entre les mains d'Héra avec ces mots :

– Tiens, prends ce ruban et cache-le dans ton sein. Tout est là dans les dessins variés. Et je te le dis, tu ne reviendras pas sans avoir accompli ton désir.

Héra, toute souriante, met le ruban dans son sein et d'un bond quitte l'Olympe. [...]

Héra va d'abord à Lemnos trouver le dieu Sommeil à qui elle demande d'endormir Zeus. Sommeil refuse car il a eu une mauvaise expérience par le passé. Aussi Héra lui promet-elle de lui donner en mariage une des Grâces, Pasiphaée, qu'il désire depuis toujours. Sommeil finit par accepter. Héra et lui s'enveloppent d'un nuage et arrivent sur le mont Ida sans être vus de Zeus. Sommeil se cache derrière des branches de pin.

Zeus s'endort dans les bras d'Héra

Dès que Zeus, l'assembleur de nuées, aperçoit Héra, le désir envahit son âme prudente, tout comme le jour où pour la première fois ils s'étaient couchés dans le même lit et s'étaient unis d'amour à l'insu de leurs parents. Debout devant elle, il lui dit avec des mots tendres :

– Héra, pourquoi viens-tu donc ici depuis l'Olympe ? Tu es sans chevaux et sans char !

Héra répond alors perfidement :

– Je m'en vais à l'autre bout de la Terre chez Océan, père des dieux, et Théthys, leur mère. Je veux mettre fin à leurs disputes incessantes. Il y a longtemps qu'ils ne font plus l'amour et ne dorment plus dans le même lit tant ils ont de haine l'un pour l'autre. J'ai arrêté mes chevaux au pied de l'Ida. C'est à cause de toi si je suis venue d'abord ici, je ne veux pas que tu m'en veuilles d'être partie pour le palais d'Océan sans rien t'avoir dit.

Zeus lui dit :

– Héra, tu n'es pas obligée de partir là-bas tout de suite. Viens, couchons-nous et goûtons aux plaisirs de l'amour. Je n'ai encore jamais connu un désir aussi fort pour une déesse ou pour une mortelle.

[…]

Et le fils de Cronos prend sa femme dans ses bras. Et sous eux, la Terre divine fait naître un tendre gazon, lotus frais, safran et jacinthe, tapis serré et doux dont l'épaisseur les protège du sol. C'est là qu'ils s'allongent, enveloppés d'un beau nuage d'or.

Poséidon seconde la résistance achéenne

C'est ainsi que le père des dieux dort sereinement, dompté par le sommeil et l'amour, son épouse dans ses bras. Alors le doux Sommeil se met à courir vers les navires achéens pour porter la nouvelle à l'Ébranleur de la Terre et lui dit :

– Maintenant, aide franchement les Danaens. Donne-leur la gloire, juste un moment, tandis que Zeus dort encore. Je l'ai engourdi doucement et Héra, pour le tromper, lui a fait goûter l'amour dans ses bras.

Poséidon encourage donc les Achéens qui reprennent l'avantage. Ajax blesse Hector avec une très grosse pierre et les Achéens rejettent les Troyens hors du camp.

Chant XV

[...]

A ce moment, Zeus se réveille aux côtés d'Héra. D'un bond, il est sur pied. Il voit les Troyens en déroute et les Achéens qui les pourchassent et au milieu d'eux, il voit le roi Poséidon. Il voit Hector étendu dans la plaine entouré des siens : il respire difficilement, il a perdu connaissance et crache du sang. Zeus en éprouve de la pitié.

Il comprend qu'Héra l'a abusé et menace de la fouetter. Elle nie toute responsabilité dans l'intervention de Poséidon. Alors Zeus lui ordonne d'envoyer Iris demander à Poséidon de rentrer chez lui. Puis il ordonne à Apollon de porter secours aux Troyens. Les Achéens prennent donc la fuite et les Troyens reviennent dans le camp qu'ils envahissent à nouveau. Ils repoussent les Grecs jusqu'à leurs navires. Patrocle va chercher Achille. Ajax, fils de Télamon, bien que blessé, résiste comme un beau diable et défend son vaisseau.

Chant XVI

Achille permet à Patrocle de secourir les Achéens

Tandis que les Achéens combattent pour sauver leurs navires, Patrocle aborde Achille en pleurant à chaudes larmes. Achille aux pieds rapides, pris de pitié, lui dit :

– Pourquoi donc pleures-tu comme une fillette, Patrocle ? As-tu donc quelque chose à révéler aux Myrmidons ou as-tu quelque chose à me dire ? Ou alors tu gémis sur le sort des Argiens [...]. Parle, ne me cache rien, il faut que je sache aussi.

– Achille, fils de Pélée, le tout premier des Achéens, ne m'en veux pas mais le malheur qui tombe sur les Achéens est trop grand. Les meilleurs d'entre eux gisent dans leurs vaisseaux, touchés par les armes des Troyens, de loin ou de près. Touché de loin Diomède, frappés de près Ulysse et Agamemnon [...].

Les médecins s'empressent autour d'eux et soignent leurs plaies avec tous leurs remèdes. Et toi, Achille, rien ne t'atteint ! Je ne voudrais jamais ressentir cette colère que tu gardes en toi. Mais à qui auras-tu été utile si tu n'éloignes pas des Argiens ce désastre honteux ? Tu es sans pitié, ce n'est pas possible que tu aies eu pour père Pélée et pour mère Thétis ! Tu as dû naître dans la mer glauque ou sur des rochers abrupts pour avoir le cœur aussi dur ! Si tu ne veux pas obéir à un ordre des dieux que ta mère t'a transmis, donne-moi tout de suite la troupe de tes Myrmidons et je serai peut-être un espoir pour les Danaens. Mais alors, donne-moi ton armure : peut-être, en me voyant, les Troyens me prendront-ils pour toi, renonceront-ils à se battre et laisseront-ils un peu de répit à nos troupes épuisées. Un peu de repos nous suffirait pour souffler et nos troupes toutes fraîches repousseraient sans peine vers la ville les hommes fatigués par la bataille.

C'est ainsi que supplie le pauvre fou de Patrocle, attirant sur lui-même une mort sanglante.

Achille, irrité au plus haut point, lui répond :

– Mais qu'est-ce que tu racontes, Patrocle ? Les dieux ne m'ont rien demandé et pas davantage ma mère. Je suis simplement affreusement peiné en voyant l'un des miens me frustrer et me prendre ce qui me revient parce qu'il est plus puissant. La jeune femme que j'avais acquise comme récompense de la part des Achéens m'a été arrachée par Agamemnon comme si j'étais le dernier des derniers.

Mais laissons le passé. Je vois bien que je ne peux rester en colère éternellement. Et pourtant, j'avais déclaré que je resterais fâché jusqu'à ce que les Troyens arrivent à nos navires. Eh bien, d'accord, mets sur tes épaules mes illustres armes et conduis au combat mes courageux Myrmidons puisque les Troyens assiègent nos navires et que les Argiens sont acculés. Troie tout entière avance sans peur parce qu'elle ne voit plus briller mon casque ! [...] Je n'entends pas la voix d'Agamemnon mais seulement celle d'Hector qui donne des ordres aux Troyens qui tiennent la plaine tout entière en hurlant et qui ont vaincu les Achéens à la bataille. Mais tout n'est pas perdu, Patrocle, et pour écarter le désastre des navires, charge avec vigueur ! Je ne veux pas qu'ils aillent incendier nos vaisseaux et nous empêchent de rentrer chez nous. Écoute jusqu'au bout l'avis que je vais te donner : il s'agit de regagner pour moi, avec éclat, renom et gloire auprès de tous les Danéens pour qu'ils me ramènent la belle jeune fille et qu'ils m'offrent de splendides présents. Une fois que tu auras chassé l'ennemi, reviens, et même si Zeus t'offre d'obtenir une autre gloire, résiste au désir de lutter sans moi contre les Troyens belliqueux car tu amoindrirais ma gloire. Ne cherche pas, enivré par le carnage, à conduire nos troupes vers Troie ; car alors, un dieu toujours vivant pourrait venir de l'Olympe pour s'opposer à toi : Apollon aime très tendrement les Troyens.

Hector met le feu aux navires

Voilà ce qu'ils se disent mais Ajax ne tient plus sous les coups. Son casque éclatant, frappé, résonne affreusement dans ses tempes. Il sent son épaule gauche se fatiguer à porter sans relâche son bouclier étincelant. Les Troyens autour de lui l'accablent de leurs coups mais ne parviennent pas à l'ébranler. Il suffoque. La sueur ruisselle sur ses membres et il ne parvient pas à reprendre son souffle.

Hector s'approche et, de sa grande épée, frappe la lance de frêne d'Ajax au niveau de la pointe qu'il fait sauter d'un coup sec. Ajax, fils de Télamon, n'a plus désormais qu'une lance cassée dans la main puisque la pointe a roulé sur le sol. Alors, Ajax reconnaît avec terreur l'action des dieux :

Zeus qui gronde dans le Ciel veut la victoire des Troyens. Ajax recule devant les coups et les Troyens mettent le feu à son navire. Tandis que le feu envahit la poupe, Achille se frappe les cuisses et dit à Patrocle :

– Lève-toi, Patrocle ! Je vois le feu dévorant jaillir des navires. Empêche-les de s'emparer de nos navires et de nous rendre la fuite impossible ! Couvre-toi vite de mes armes et moi, je vais rassembler mes hommes.

Patrocle et les Myrmidons se préparent à la bataille

Patrocle alors s'arme d'un bronze éblouissant. D'abord, il met ses bonnes jambières où s'adaptent des couvre-chevilles d'argent, puis la cuirasse scintillante. Sur ses épaules, il jette une épée de bronze cloutée d'argent puis le grand et solide bouclier. Sur sa tête, il pose le bon casque à crins de cheval dont le panache terrifiant s'agite en l'air. Enfin, il prend deux fortes piques qu'il a bien en main mais il laisse la lourde, longue et forte lance d'Achille que lui seul peut soulever.

Il ordonne à Automédon de se dépêcher d'atteler les chevaux. […]

Pendant ce temps, Achille va de baraquement en baraquement pour faire prendre les armes à tous les Myrmidons. Ils sont comme des loups carnassiers qui vont dévorer un grand cerf. Achille se tient parmi eux et les encourage au combat. Cinquante vaisseaux ont conduit Achille à Troie et chaque vaisseau compte cinquante hommes. […]

Quand Achille a bien rangé ses hommes, il leur adresse ce discours énergique :

– Myrmidons, qu'aucun de vous n'oublie les menaces que vous avez faites aux Troyens ici-même, près des navires, tout le temps qu'a duré ma colère. Vous m'accusiez tous alors : « Cruel fils de Pélée, ta mère t'aurait-elle nourri de haine ? Héros sans pitié, toi qui retiens de force les tiens près de leurs navires ! Rentrons chez nous puisqu'une telle colère a envahi ton âme. » Voilà ce que vous disiez entre vous de groupe en groupe. Eh bien ! voici venir le jour de cette mêlée que vous désiriez tant ! Que chacun aujourd'hui combatte les Troyens avec un cœur vaillant !

Ces propos stimulent le courage et l'ardeur de tous. Les rangs se raffermissent à la voix du roi. Ainsi le bouclier s'appuie sur le bouclier, le casque sur le casque, le guerrier contre le guerrier. Lorsque les Myrmidons penchent la tête, les panaches brillants des casques à crinière se heurtent tant ils sont serrés les uns contre les autres. En tête, deux hommes en armes, Patrocle et Automédon, prêts à combattre avec le même courage. Achille, lui, s'en va vers son baraquement.

Rentré chez lui, Achille sort d'un coffre que Thétis, sa mère, lui a fait déposer dans son navire une coupe ciselée qui sert exclusivement aux libations[1] à Zeus. Il se met en prière et demande à Zeus de repousser

1→ En l'honneur d'un dieu, les Grecs avaient coutume de verser du vin ou un autre liquide (huile, lait, etc.) par terre ou sur un animal destiné à être sacrifié.

le combat loin des navires et de garder Patrocle sain et sauf. Zeus accorde le premier vœu et refuse le deuxième.

L'armée des Myrmidons suit Patrocle en rangs jusqu'au moment où elle bondit sur les Troyens. Les Myrmidons se répandent aussitôt, comme des guêpes nichées au bord du chemin que les enfants agacent. Une immense clameur s'élève et Patrocle crie d'une voix forte :

– Myrmidons, compagnons d'Achille, le fils de Pélée, soyez des hommes, mes amis ! N'oubliez pas votre formidable courage : ainsi vous ferez honneur au fils de Pélée, le plus valeureux de tous les Argiens qui campent auprès de nos navires. Et Agamemnon, le fis d'Atrée, reconnaîtra qu'il a été fou de ne pas honorer le plus brave des Achéens.

Patrocle et les Myrmidons mettent en fuite les Troyens qui se trouvent obligés de franchir à nouveau le fossé du camp. Patrocle est ivre de gloire et massacre à tout-va. Il a le bonheur de tuer Sarpédon, fils de Zeus, allié de Troie et chef des Lyciens. Un combat sans fin se livre autour de son cadavre.

Hector a eu le malheur de tuer Épigée, un ami très cher de Patrocle. Furieux, ce dernier redouble d'ardeur dans le combat. Oubliant les conseils d'Achille, Patrocle continue de se battre, entraînant ses troupes vers Troie.

Patrocle à la poursuite des Troyens

Patrocle cependant encourage ses chevaux ainsi qu'Automédon. Il se lance à la poursuite des Troyens et des Lyciens. Pauvre idiot ! C'est là sa grande erreur. S'il avait obéi à l'ordre d'Achille, il aurait échappé à l'horrible déesse des Ténèbres. Mais la volonté de Zeus est toujours plus forte que celle d'un mortel. C'est lui qui met en fuite le plus courageux et lui arrache la victoire, sans effort, alors que d'autres fois il le pousse lui-même au combat. C'est Zeus qui, à nouveau, donne cette ardeur à Patrocle. [...]

Les fils des Achéens auraient pris Troie grâce à Patrocle tant il donnait la charge devant et autour de lui, brandissant furieusement sa lance. Mais c'était compter sans Phébus Apollon présent sur le rempart, méditant de le faire mourir et prêt à aider les Troyens.

Par trois fois, Patrocle s'attaque à un angle saillant du haut rempart, par trois fois, Apollon le repousse en touchant son bouclier resplendissant de ses mains immortelles. A la quatrième fois, Apollon lui adresse de vifs reproches d'une voix terrible :

– Arrière, divin Patrocle ! Le destin ne veut pas que Troie soit prise par ta lance et pas davantage par la lance d'Achille, pourtant bien plus courageux que toi.

A ces mots, Patrocle bat en retraite pour éviter la colère d'Apollon.

Hector cependant tient ses chevaux aux sabots massifs aux portes Scées. Il se demande s'il va ramener ses troupes dans la mêlée pour combattre ou s'il va leur ordonner en hurlant de se réunir derrière les murs.

Pendant qu'il y réfléchit, Phébus Apollon s'approche de lui après avoir pris l'apparence d'Asios[1] et lui dit :

– Hector, pourquoi suspendre la lutte ? Tu n'en as d'ailleurs pas le droit. Allons, lance tes chevaux aux sabots massifs sur Patrocle : peut-être vas-tu triompher et obtenir la gloire d'Apollon ?

Alors Hector ordonne au valeureux Cébrion de fouetter les chevaux pour marcher au combat. Apollon, qui s'est plongé dans la foule, provoque un désordre monstrueux chez les Argiens et octroie la gloire aux Troyens et à Hector. Hector abandonne donc les autres Danaens, sans en tuer un seul, et fonce tout droit sur Patrocle. Patrocle, quant à lui, saute de son char, une pique à la main gauche et, dans l'autre main, une énorme pierre anguleuse et brillante qu'il lance de toutes ses forces. La pierre aiguë atteint le cocher d'Hector, Cébrion, bâtard de Priam, en plein front. Elle broie les deux sourcils, traverse l'os et les yeux tombent à terre, dans la poussière, aux pieds même de Cébrion qui, comme un plongeur, tombe de son char, mort. Et Patrocle de se moquer :

– Ah ! quelle souplesse, quelle aisance à sauter ! S'il était sur la mer poissonneuse, il nourrirait bien des gens avec des huîtres en plongeant ainsi du haut d'un navire. Ils ont vraiment de bons plongeurs, ces Troyens !

Il parle ainsi et se dirige vers Cébrion. Hector saute de son char et se dirige aussi vers Cébrion. Tous deux luttent maintenant autour du cadavre comme deux lions affamés

1→ Asios est l'oncle maternel d'Hector et le frère d'Hécube (voir note p. 91).

pour une biche tuée. Patrocle et l'illustre Hector sont avides de s'entailler la chair. Hector prend la tête du cadavre et ne lâche pas prise, Patrocle tient un pied. Les autres, Troyens et Danaens, engagent un combat furieux. [...] Par centaines jaillissent des piques aiguës et des flèches autour de Cébrion, par centaines, de grosses pierres heurtent les boucliers autour de Cébrion, gisant à jamais.

Mort de Patrocle

Toute la journée, le combat fait rage et les hommes tombent. En fin d'après-midi, les Achéens remportent un avantage prodigieux. Ils tirent Cébrion hors de la mêlée et le dépouillent de ses armes tandis que Patrocle se jette férocement sur les Troyens. Par trois fois, il s'élance en poussant des cris furieux, par trois fois, il tue neuf hommes. Mais la quatrième fois va mettre un terme à sa vie. Apollon vient vers lui, terrifiant, mais Patrocle ne le voit pas car il est couvert d'un épais nuage. Apollon s'arrête derrière Patrocle, lui frappe le dos et les larges épaules du plat de la main. Les yeux de Patrocle chavirent. Apollon fait alors tomber le casque de sa tête. Le casque à crinière roule avec fracas sous les pieds des chevaux, le panache est souillé de poussière et de sang. Qui aurait pu penser que ce casque serait souillé un jour ? Il protégeait le front divin d'Achille. Mais Zeus l'offre à présent à Hector afin qu'il le porte sur son propre front, à l'heure où sa perte est proche. La longue, lourde et grande pique se brise dans les mains de Patrocle. Son haut bouclier et son baudrier tombent à terre. Apollon lui détache sa cuirasse. Patrocle est pris de vertige, il a les membres brisés, il s'arrête, hagard. Alors, par-derrière et dans son dos, un Dardanien, Euphorbe, le frappe à bout portant d'une pique aiguë. Mais il ne l'abat pas et prend la fuite après avoir retiré sa lance du corps de Patrocle. Même désarmé, il a peur de lui. Et Patrocle, terrassé par le coup du dieu et la javeline, se replie vers les siens pour échapper à la mort. Mais Hector le voit reculer. Il s'approche à travers les rangs et le frappe au bas-ventre avec sa pique qu'il enfonce profondément. Patrocle tombe bruyamment et les Achéens sont affligés. Et Hector triomphant lui dit :

– Ah ! Patrocle, tu croyais sans doute gagner notre ville, ôter la liberté aux femmes troyennes et les emmener sur tes navires vers ta patrie. Pauvre idiot ! Mes chevaux rapides sont là pour les sauver. Et je suis un champion de la lance parmi les Troyens belliqueux et je les préserve ainsi de la mort. C'est toi que les vautours dévoreront ici. Malheureux ! Avec toute sa bravoure, Achille ne t'a guère aidé, lui qui sans doute, quand tu partais sans lui, te recommandait avec insistance : « Patrocle, ne reviens pas, je t'en prie, vers les navires, avant d'avoir déchiré la cuirasse d'Hector meurtrier. » Voilà ce qu'il te disait, et, toi, pauvre sot, tu l'as cru !

Patrocle lui répond d'une voix défaillante :

– Hector, il est trop tôt pour triompher si fort. Qui donc t'a donné la victoire ? Zeus et Apollon ! Ils m'ont terrassé facilement et m'ont eux-mêmes dépouillé de mes armes. [...] Tu n'es venu qu'en troisième pour me dépouiller.

Mais j'ai encore quelque chose à te dire et retiens-le bien : tu ne vivras pas bien longtemps non plus. Déjà, la mort rôde autour de toi et tu seras vaincu par le bras d'Achille sans reproche, c'est ton destin.

La mort l'enveloppe déjà. L'âme quitte ses membres et s'en va, en volant, chez Hadès, laissant force et jeunesse. Il est déjà mort quand Hector lui dit :

– Patrocle, pourquoi me prédis-tu le gouffre de la mort ? Qui te dit que ce n'est pas Achille, fils de Thétis, qui perdra le premier la vie, abattu par ma lance ?

Cela dit, le voilà qui retire la pique de la plaie ouverte en mettant un pied sur le corps. Puis, sans retard, la pique au poing, il se retourne vers Automédon, l'écuyer qu'il voudrait tellement abattre. Mais Automédon s'est déjà enfui, emporté par ses chevaux immortels, splendides cadeaux de Zeus à Pélée.

Chant XVII

Ménélas a vu mourir Patrocle. Il menace de sa lance quiconque veut s'en approcher. Il tue Euphorbe mais la fureur des Troyens et l'arrivée d'Hector le font reculer. Hector enlève à Patrocle les armes qu'Achille lui a prêtées et veut traîner le corps jusqu'à Troie pour le jeter aux chiens. Mais Ménélas revient pour récupérer le cadavre en compagnie d'Ajax et d'autres guerriers. On assiste alors à un combat furieux autour du cadavre de Patrocle. Enfin, Hector dépose ses armes pour endosser celles d'Achille et le combat reprend encore plus violemment. Les Troyens enfoncent les lignes des Achéens. Les Danaens se replient, emportant le cadavre de Patrocle vers les navires.

Chant XVIII

Achille apprend la mort de Patrocle

Tandis qu'ils combattent, Antiloque, le fils de Nestor, arrive en messager chez Achille qu'il trouve devant ses navires recourbés [...] et, en versant des larmes brûlantes, il lui annonce l'affreuse nouvelle :

– Hélas, fils du vaillant Pélée, je vais t'apprendre une cruelle nouvelle, une chose qui n'aurait jamais dû arriver. Patrocle gît à terre et on se bat autour de son corps sans armes : c'est Hector au casque étincelant qui s'en est emparé.

Thétis vient consoler son fils

Alors un noir nuage de douleur enveloppe Achille. Il prend à deux mains la cendre du feu, la répand sur sa tête et en barbouille son beau visage. Une cendre noire recouvre sa tunique brillante. Il gît dans la poussière, étendu, et s'arrache à pleines mains les cheveux qu'il a souillés de cendre. Les captives, butin d'Achille et de Patrocle, poussent de grands cris de douleur en accourant vers Achille, elles se frappent la poitrine. Antiloque aussi se lamente et sanglote. Il tient les mains d'Achille car il a peur que le héros ne se tranche la gorge. Mais sa mère Thétis l'entend gémir depuis le fond des abîmes marins. Elle gémit à son tour et aussitôt les déesses l'entourent, toutes les filles de Nérée qui habitent la mer [...]. La voilà qui quitte les fonds marins, le flot s'ouvre devant elle. Elle arrive près de son fils et le trouve en train de sangloter. Elle pousse une plainte aiguë, prend la tête de son fils entre ses mains et lui dit en gémissant :

– Mon enfant, pourquoi pleures-tu ? Quelle douleur s'est emparée de toi ? Parle, ne me cache rien. Tout s'est accompli grâce à Zeus, ainsi que tu le voulais : les fils des Achéens se sont repliés près des navires et, privés de ton secours, subissent un sort déshonorant.

Achille répond dans un gros sanglot :

– Ma mère, le dieu de l'Olympe a fait tout cela pour moi. Mais quel plaisir pourrai-je en avoir puisque mon ami Patrocle, celui que je préférais, mon autre moi-même, vient de mourir ? Je l'ai perdu. Hector l'a tué, puis dépouillé de ses belles armes, des armes prodigieuses, une vraie merveille : cadeaux splendides faits par les dieux à Pélée le jour où ils te faisaient entrer dans le lit d'un mortel. [...] Je n'ai plus envie de vivre à moins qu'Hector ne meure, et paie ainsi son crime, frappé par ma lance.

Et Thétis lui répond en pleurant aussi :

– Ta fin est proche, mon enfant, si j'en crois ce que tu me dis. Car aussitôt après Hector, ton tour viendra, c'est écrit.

Achille se met en colère et répond violemment :

– Que je meure donc tout de suite puisque le sort a décidé que je ne pourrais pas venir en aide à mon ami à l'heure de sa mort ! Il est mort loin de sa terre, et il ne m'a pas trouvé auprès de lui pour le protéger du malheur. Aujourd'hui donc, il est clair que je ne reverrai pas ma patrie, pas plus que je n'ai pu secourir Patrocle ni aucun des miens qui, par centaines, sont tombés sous les coups d'Hector, alors que je restais là sans rien faire, près des navires, moi Achille, inégalé à la bataille. [...]

Mais laissons le passé! Aujourd'hui donc, je rejoindrai celui qui a détruit l'être que j'aimais. Je rejoindrai Hector et je recevrai la mort le jour où Zeus et les autres Immortels voudront bien me la donner. [...] En attendant, je veux conquérir une noble gloire. Ne cherche pas à me tenir éloigné du combat avec ta tendresse car je ne t'écouterai pas.

La déesse aux pieds d'argent lui dit alors :

– Mon fils, tu as raison : il est noble d'épargner la mort à ses compagnons quand ils sont épuisés. Mais tes belles armes, tes armes de bronze éclatantes, c'est Hector au casque étincelant qui les porte avec orgueil. Mais rassure-toi, il ne s'en félicitera pas longtemps car la mort se rapproche de lui. Pourtant, ne plonge pas tout de suite dans la mêlée d'Arès : attends de m'avoir vue revenir ici même. Je viendrai à l'aube, avec le soleil levant, t'apporter de belles armes fabriquées par Héphaïstos.

Et Thétis monte vers l'Olympe chercher pour son fils des armes illustres.

Achille, d'un cri, sème la panique parmi les Troyens

Tandis que Thétis rejoint l'Olympe, les Achéens aux bonnes jambières fuient devant Hector en poussant des hurlements affreux et ils parviennent aux navires. Ils ne peuvent plus soustraire Patrocle de la bataille. L'armée ennemie, les chars et Hector, dont l'ardeur est de feu, les ont déjà rejoints. Par trois fois, Hector, arrivé par-derrière, a saisi le cadavre de Patrocle par les pieds, par trois fois, les deux Ajax, pleins de courage, l'ont rejeté loin du mort. Mais lui, sûr de sa bravoure, tantôt charge dans la mêlée, tantôt s'arrête pour pousser un grand cri, mais il ne recule jamais d'un pas. [...] Il aurait pu tirer à lui le cadavre de Patrocle et en être glorifié si la déesse Iris n'était venue en courant dire à Achille, le fils de Pélée, de s'armer sans que Zeus et les autres dieux le sachent, à l'exception d'Héra dont elle exécute les ordres. Voici ce qu'elle dit à Achille :

– Debout, fils de Pélée ! Porte-toi au secours de Patrocle qui est l'objet d'une atroce bataille devant les navires. On s'y entretue. Les uns défendent le cadavre, les autres veulent l'entraîner vers Troie. C'est surtout Hector qui s'acharne à le tirer car il veut planter sa tête tout en haut de la palissade quand il l'aura détachée de son cou. Allons ! Debout ! Ne reste plus couché par terre. Que la honte t'envahisse à la pensée que Patrocle est devenu le jouet des chiennes de Zeus ! Et quelle indignité ce serait pour toi s'il arrivait atrocement mutilé parmi les morts !

Le divin Achille aux pieds infatigables lui répond alors :

– Comment faire pour aller dans la mêlée ? Mes propres armes sont chez eux et ma mère m'ordonne de ne pas m'armer avant son retour. En effet, elle va m'apporter de belles armes fournies par Héphaïstos. [...]

Iris réplique :

– Nous le savons bien. Mais va comme tu es jusqu'au fossé et montre-toi aux Troyens. Peut-être que, pris de panique, ils renonceront à se battre.

Achille, cher à Zeus, se lève donc. Athéna jette sur ses fières épaules l'égide[1] frangée, puis elle auréole sa tête d'or tandis qu'elle fait jaillir de son corps une flamme resplendissante. [...] Passant le mur, le héros s'arrête au fossé, sans se mêler aux Achéens, car il respecte trop l'avis de sa mère. Il s'arrête donc là et pousse un hurlement. Athéna en pousse un aussi. Il suscite aussitôt un tumulte indicible dans les rangs des Troyens. On dirait le son éclatant de la trompette lors de la prise d'une cité. A peine ont-ils entendu la voix d'airain de l'Éacide[2] que tous se troublent.

Les chevaux aux belles crinières obligent les chars à faire vite demi-tour, les cochers perdent la tête à la vue du feu vivace qui flamboie de façon terrifiante au front du fils de Pélée. Par trois fois, sur le bord du fossé, le divin Achille jette un immense hurlement, par trois fois, il bouleverse les Troyens et leurs illustres alliés. Douze guerriers, parmi les meilleurs d'entre eux, périssent sous leurs propres chars ou par leurs propres piques. Les Achéens s'empressent alors avec joie de tirer Patrocle hors de la mêlée et de le placer sur une litière. Ses compagnons l'entourent et se lamentent. Achille marche derrière eux, pleurant à chaudes larmes. Il a vu son fidèle ami, étendu sur une civière, déchiré par le bronze aigu, ce Patrocle qu'il a fait partir au combat tout à l'heure avec ses chevaux et son char et qu'il ne devait pas accueillir à son retour !

L'auguste Héra aux grands yeux fait alors se hâter le

1→ Peau de chèvre qui sert de cuirasse ou de bouclier à Athéna. Une tête de Gorgone apparaît en son centre. L'égide a été fabriquée par Héphaïstos. Elle a des pouvoirs magiques et sème la peur.

2→ Descendant d'Éaque, père de Pélée, grand-père d'Achille.

soleil dans sa course. Le soleil se couche et les Achéens arrêtent la lutte brutale et le combat qui n'épargne personne.

Assemblée des Troyens

Les Troyens, de leur côté, quittent la bataille. Ils détellent les chevaux rapides des chars et se regroupent pour l'assemblée. Mais tout le monde reste debout, personne n'ose s'asseoir. Ils sont tous terrifiés car Achille a reparu, lui qui avait quitté le combat depuis si longtemps. Le sage Polydamas prend la parole le premier. Il est le seul à voir à la fois le passé et l'avenir. C'est un camarade d'Hector, ils sont nés la même nuit. Mais le premier l'emporte par ses paroles et le second par sa lance. Il dit en homme averti :

– Examinons la situation sous tous ses angles, mes amis. Pour ma part, je vous conseille de rentrer maintenant dans la ville. Nous sommes loin de nos remparts. Tant que cet homme en voulait au divin Agamemnon, il nous était plus aisé de combattre les Achéens. Maintenant, j'ai vraiment très peur du fils de Pélée aux pieds rapides. Il a des sentiments trop violents pour se contenter de rester dans la plaine. Il voudra combattre pour prendre la ville et nos femmes. Croyez-moi, revenons vers la ville ! Elle sera défendue par ses remparts, ses hautes portes et les barres qui les ferment. A la première heure, armés de pied en cap, nous prendrons position sur nos remparts et Achille connaîtra sa douleur s'il prétend venir combattre sous nos murs. Il sera bien obligé de retourner à ses navires une fois qu'il aura épuisé ses chevaux. Jamais il ne détruira Troie : les chiens n'en auront fait qu'une bouchée avant.

Hector au casque étincelant lui jette un regard noir tandis qu'il lui répond :

– Polydamas, ce que tu dis ne me plaît pas. Ainsi, tu nous conseilles d'aller nous enfermer de nouveau dans la ville ? Vous n'en avez donc pas assez d'être enfermés ainsi derrière des remparts ? [...] Maintenant que le fils de Cronos m'a permis d'acquérir la gloire et de repousser les Achéens à la mer, évite, pauvre fou, de donner de tels conseils devant le peuple. Aucun Troyen d'ailleurs ne les suivra, je ne le tolérerai pas. Allons ! suivons tous l'avis que je vais vous donner. Pour l'instant, prenez le repas du soir, par unité ; en même temps, songez à la garde et restez en éveil. Mais à la première heure, à l'aube, réveillons Arès, le dieu du Combat, armés de pied en cap. Si Achille s'est vraiment levé pour quitter les navires, il lui en coûtera, comme il voudra. Moi, je ne fuirai pas la sinistre bataille. Je me posterai bien en face de lui, et nous verrons qui sera le grand vainqueur.

Ainsi parle Hector acclamé des Troyens, pauvres sots ! Athéna leur a ôté la raison et les voilà qui approuvent Hector dont le conseil fait leur malheur alors que personne ne soutient Polydamas qui a vu juste !

Achille pleure sur le corps de Patrocle

Les Troyens prennent donc leur repas dans le camp. Les Achéens, quant à eux, pleurent toute la nuit sur le corps de Patrocle. Le fils de Pélée pousse une longue plainte, les mains posées sur son ami. Il gémit sans répit. [...] En sanglotant, Achille parle aux Myrmidons :

– Hélas ! ce sont bien des paroles en l'air que j'ai lâchées le jour où, pour rassurer Ménoetios, je lui ai promis de ramener chez lui un fils couvert de gloire, après avoir détruit Troie et reçu sa part de butin. Mais Zeus ne réalise pas tous les projets des hommes. Tous deux, nous rougirons de notre sang le même sol, ici : c'est notre destin. Mais, en attendant, Patrocle, puisque je n'irai qu'après toi sous la terre, je ne veux pas t'ensevelir avant de t'avoir apporté ici les armes et la tête d'Hector, ton meurtrier. Et devant ton bûcher, j'égorgerai douze brillants fils de Troie pour me venger de ta mort. Jusqu'à ce jour, tu resteras gisant ainsi près des navires recourbés. Et les Troyennes et les Dardaniennes que nous avons conquises péniblement à la force de notre pique se lamenteront autour de toi nuit et jour.

C'est ainsi que parle Achille. Et il donne l'ordre à ses compagnons de mettre un grand trépied au feu pour laver au plus vite le corps de Patrocle du sang qui le macule. Ils placent donc le trépied chauffe-bain sur la flamme brûlante. Ils le remplissent d'eau et placent des bûches dessous. Lorsque l'eau bout, ils lavent le corps de Patrocle, le frottent d'huile luisante et bouchent ses blessures avec un onguent vieux de neuf ans. Puis ils le déposent sur un lit et le couvrent d'un simple tissu recouvert à son tour d'une étoffe blanche. Toute la nuit, les Myrmidons, réunis autour d'Achille, gémissent et pleurent Patrocle. [...]

Thétis chez Héphaïstos

Thétis aux pieds d'argent parvient à la demeure d'Héphaïstos, demeure impérissable et étoilée, éclatante entre toutes celles des Immortels, construite par le Boiteux[1] lui-même. Elle le trouve en sueur, tournant autour de ses soufflets, affairé. [...]

Son épouse Charis le prévient de la visite de Thétis qu'elle fait asseoir sur un siège brillant.

Le monstre essoufflé et boiteux, aux jambes grêles qui s'agitent sous lui, s'écarte du feu et dépose tous ses outils dans un coffret d'argent. Puis il essuie son visage, ses bras, son cou puissant et sa poitrine velue avec une éponge. Il enfile une tunique, prend un gros bâton et sort en boitant. [...] Il s'approche avec peine de l'endroit où se trouve Thétis, s'assoit sur un siège brillant et, lui prenant la main, lui dit :

– Qui t'amène à notre demeure, Thétis ? Tu n'as pas l'habitude de nous fréquenter. Dis-moi ce que tu veux. Je le ferai volontiers si c'est possible.

Thétis lui répond en pleurant :

– Héphaïstos, quelle autre déesse a dû supporter autant

1→ Dieu des forgerons, surnommé le Boiteux ou le Bancal. Il boite car il a été jeté par Zeus du haut de l'Olympe.

de cruels chagrins ? Zeus m'a obligée à m'unir à un mortel en dépit de ma répugnance. J'ai eu un fils que j'ai élevé, héros entre les héros. Il a grandi comme une jeune pousse, il est parti pour Troie et je ne le verrai pas revenir chez lui, dans la maison de Pélée. Et tant qu'il est en vie, il souffre sans que je puisse lui venir en aide. Agamemnon lui a arraché de ses mains la fille que les Achéens lui avaient choisie comme part de butin. Il mourait de chagrin tandis que les Troyens ont acculé les siens près des navires. [...] Apollon vient de tuer Patrocle, son meilleur ami, qu'il avait envoyé au combat revêtu de ses armes. C'est pourquoi tu me vois ici aujourd'hui te supplier à genoux. Voudras-tu lui donner un bouclier, un casque, de bonnes jambières avec couvre-chevilles adaptés et une cuirasse ? Son fidèle ami les a perdus quand il a été abattu par les Troyens et à présent mon fils est couché par terre l'âme en peine.

Voici ce que répond l'illustre Boiteux :

– Ne t'en fais pas ! Il les aura ses armes, de belles armes qui feront l'étonnement de tous !

Héphaïstos forge les armes d'Achille

Il la quitte et retourne à ses soufflets – vingt en tout – à qui il ordonne de travailler. Il jette dans le feu le bronze dur, l'étain, l'or précieux et l'argent. Il pose sur son support une grande enclume. Enfin, dans une main, il prend un marteau solide et, dans l'autre, sa pince à feu. Il commence par fabriquer un bouclier, grand et fort, qu'il cisèle de tous les côtés. Il l'entoure d'une bordure étincelante, une triple bordure à l'éclat lumineux. Il y attache un baudrier d'argent. Le bouclier a cinq couches. Héphaïstos imagine un décor multiple. Il y représente la terre, le ciel et la mer, le soleil infatigable et la pleine lune ainsi que tous les astres du ciel. Il y représente aussi deux belles cités humaines. Dans l'une ce sont des noces et des festins : des épouses sortent de leur chambre, conduites à travers la ville à la clarté des torches, et sur leurs pas s'élève le chant d'hyménée[1]. De jeunes danseurs dansent en tournant et on entend les flûtes et les cithares. Les femmes s'émerveillent devant leur porte. Les hommes, eux, sont sur la grand place. Deux hommes se disputent pour le prix d'un meurtre : l'un déclare avoir tout payé et le dit en public, l'autre nie avoir reçu quoi que ce soit. Tous deux en appellent à un juge pour trancher. La foule crie en faveur de l'un ou de l'autre et se partage en deux clans. Des gardes contiennent cette foule. Les Anciens sont assis sur des pierres polies dans un cercle sacré. Ils se lèvent et s'expriment chacun à son tour, le bâton en main. Deux talents d'or sont posés, par terre, au milieu d'eux. Ils reviendront à celui qui prononcera la décision la plus juste.

Autour de l'autre ville campent deux armées dont les guerriers étincèlent sous leurs armures. Les assaillants hésitent : détruire complètement la ville ou se partager toutes ses richesses. Mais les assiégés, eux, ne veulent rien entendre et s'arment en secret pour une embuscade. Leurs femmes, leurs jeunes enfants et des vieillards sont debout, sur le rempart pour le défendre. Les autres sont partis avec

1→ Mariage.

à leur tête Arès et Pallas Athéna, revêtus de vêtements d'or, beaux, grands et en armes. Ils se distinguent des hommes car ils sont plus hauts de taille. Ils se postent à l'endroit choisi pour l'embuscade, au bord du fleuve qui sert d'abreuvoir aux troupeaux. Voici les animaux qui arrivent suivis de deux bergers jouant gaiement de la flûte. Vite, les hommes cachés tuent les bergers. Les autres entendent les bœufs beugler et sautent sur leurs chars. Ils prennent position sur les rives du fleuve et se battent en se lançant leurs javelines. [...]

Héphaïstos y représente aussi une terre en jachère[1], un champ fertile qu'on peut labourer trois fois. De nombreux laboureurs y font aller et venir leurs bêtes d'un sens à l'autre et lorsqu'ils font demi-tour et arrivent au bout du champ, un homme s'approche et leur offre une coupe de vin doux. Ils font demi-tour à chaque sillon car ils veulent arriver au bout de la jachère. La terre noircit derrière eux, elle ressemble à une terre labourée mais elle est en or, une merveilleuse œuvre d'art!

Il y représente encore un domaine royal. Des ouvriers moissonnent, faucille tranchante en main. Des bottes tombent le long du sillon, d'autres sont liées par les botteleurs et des enfants portent les bottes liées dans leurs bras. Le roi est parmi eux, muet. Il porte le sceptre, heureux. Les messagers préparent le repas, à l'écart, sous un chêne et s'occupent du gros bœuf qu'ils viennent de sacrifier. Les femmes versent quantité de farine blanche pour le repas des ouvriers.

1. État d'une terre labourable qu'on laisse pour un temps reposer.

Il y représente aussi un vignoble lourdement chargé de grappes, magnifique et tout en or. [...] Des filles et des garçons pleins de tendres sentiments emportent les doux fruits dans des paniers tressés. Un enfant joue du luth au milieu d'eux et chante de sa voix fluette une belle complainte. Les autres frappent le sol en cadence et l'accompagnent en dansant et en criant.

Il y représente aussi tout un troupeau de vaches aux cornes hautes. Elles sont faites d'or et d'étain. Elles vont à la pâture en meuglant. Quatre bouviers d'or les encadrent ainsi que neuf chiens. Mais voici que deux lions terrifiants tiennent un taureau mugissant en tête du troupeau et l'entraînent. Les bouviers et les chiens les poursuivent mais les lions ont déjà déchiré la peau du taureau et lui hument les entrailles et le sang noir. Les chiens sont là, prêts à aboyer contre les lions qu'ils préfèrent éviter.

L'illustre Boiteux y représente aussi un grand pâturage pour des brebis blanches, dans un grand vallon, avec étables, baraquements et parcs.

L'illustre Boiteux y modèle encore une place de danse, la même que Dédale jadis a bâtie pour Ariane à Cnossos[1]. Jeunes gens et jeunes filles dansent en se tenant la main. Les jeunes filles sont vêtues d'étoffes légères et les jeunes gens portent des tuniques bien tissées. Elles ont de belles couronnes et eux sont pourvus d'épées pendues à des baudriers en argent. Une foule immense et ravie les entoure tandis que deux acrobates font la roue au milieu de tous.

1→ Palais crétois où l'architecte Dédale a construit un labyrinthe pour cacher le Minotaure. Ariane est la fille du roi Minos et de Pasiphaé.

Il y représente enfin la force puissante du fleuve Océan, à l'extrême bord du solide bouclier.

Quand il a fini de fabriquer le bouclier large et fort, il fabrique encore pour Achille une cuirasse plus éclatante que le feu. Il fabrique un casque puissant bien adapté à ses tempes, un beau casque façonné auquel il ajoute un cimier[1] d'or. Il lui fabrique enfin des jambières en étain souple.

Et lorsque l'illustre Boiteux a achevé toutes ces armes, il les dépose aux pieds de la mère d'Achille qui, comme un faucon, prend son élan du haut de l'Olympe neigeux en les emportant.

Chant XIX

Dès l'aube, Thétis apporte à son fils les armes fabriquées pour lui par Héphaïstos. Achille est fou de joie et, dans le même temps, il sent grandir la colère et l'envie de se battre. Il va sur le rivage et rassemble tous les guerriers en hurlant comme un fou.

1• Ornement qui forme la partie supérieure du casque, cime du casque.

Réconciliation d'Achille et d'Agamemnon

Le divin Achille longe le rivage de la mer en hurlant et fait ainsi lever les héros achéens. Tous ceux qui se tenaient à l'écart [...] prennent le chemin de l'assemblée parce que Achille a reparu, lui qui avait cessé depuis si longtemps l'insupportable combat. Deux serviteurs d'Arès arrivent en boitant, le belliqueux fils de Tydée et le divin Ulysse, soutenus par leur pique car ils souffrent encore de leurs affreuses blessures. Ils se mettent au premier rang. Le dernier à arriver, c'est Agamemnon, blessé lui aussi [...].

Quand tous les Achéens sont rassemblés, Achille prend la parole :

– Atride, avons-nous eu raison de nous jeter, malgré nous, dans une querelle qui dévore les cœurs, et cela pour une fille ? Pourquoi donc Artémis ne l'a-t-elle pas tuée d'une flèche sur mes navires le jour où je l'ai faite prisonnière [...] ? Ainsi beaucoup moins d'Achéens auraient péri sous les coups de nos ennemis alors que ma colère me retenait loin d'eux. Ce sont Hector et les Troyens qui en ont profité alors que les Achéens se souviendront longtemps de la querelle qui nous a opposés, toi et moi. Mais laissons le passé, malgré notre amertume, et raisonnons-nous, il le faut. Je mets fin à ma colère aujourd'hui. Il est idiot que je m'obstine dans cette dispute. Va donc au plus vite appeler au combat les Achéens chevelus tandis que j'irai de nouveau affronter les Troyens. [...]

Les Achéens se réjouissent de voir le fils de Pélée renoncer à sa colère.

A son tour, Agamemnon, sans se lever, s'adresse à l'assemblée :

– [...] C'est au fils de Pelée que je veux parler ; vous autres, comprenez bien mon propos. Souvent, les Achéens m'ont critiqué. Mais je ne suis pas coupable. C'est Zeus, c'est le Destin, c'est l'obscure Érinys[1] qui ont aveuglé mon âme le jour où j'ai dépouillé Achille de sa part d'honneur. Mais qu'aurais-je pu faire ? C'est le Ciel qui décide de tout.

Agamemnon entre alors dans les détails de la machination des dieux à son égard pour se justifier.

– [...] Mais si j'ai perdu le bon sens à cause de Zeus, je veux à présent me racheter et t'offrir une immense rançon. [...] Me voici prêt à te donner tout ce qu'Ulysse t'a promis. [...]

Achille ne manque pas de lui répondre :

– Très glorieux Atride, Agamemnon, protecteur de ton peuple, fais ce que tu veux de tes présents : offre-les-moi ou garde-les chez toi. Pour l'instant, revenons au plus vite à notre ardeur guerrière. Ce n'est pas le moment de faire des discours ni de perdre son temps. Nous devons accomplir une grande mission. Chacun va voir Achille combattre de nouveau en première ligne, massacrant les Troyens de sa pique de bronze : que chacun de vous en fasse autant !

1→ Les Érinyes sont des divinités des Enfers chargées de venger les crimes, plus particulièrement les homicides, les crimes contre la famille ou l'ordre social.

Ulysse essaie alors de freiner Achille sous prétexte que les Achéeens sont à jeun. Suivent donc des palabres entre Achille, Agamemnon et Ulysse. C'est Achille qui l'emporte et persuade tout le monde de combattre aussitôt.

[...] Tous s'en vont vers la baraque d'Agamemnon : ils emportent les sept trépieds promis, les vingt bassins étincelants, les douze chevaux. Ils emmènent également et très vite sept femmes habiles aux travaux les plus parfaits et une huitième femme, la jolie Briséis. [...]

Quand tous les cadeaux sont offerts à Achille, tous se réunissent pour le sacrifice d'un porc comme c'est l'usage.

Ayant prié, Agamemnon dit :

– Que Zeus me soit témoin et avec lui, la Terre et le Soleil et les Érinyes [...], non, jamais je n'ai touché la jeune Briséis ni par désir ni pour aucun autre motif. Elle est restée intacte dans ma baraque tout ce temps. Et si je mens, que les dieux me fassent endurer les mille maux qu'ils font endurer à celui qui les offense en jurant !

Après l'assemblée, Achille rentre dans son baraquement et trouve Briséis en larmes. Elle pleure Patrocle, lui qui lui avait promis qu'elle épouserait Achille légitimement. Achille pleure également et ne veut plus se nourrir. Zeus a pitié de lui et envoie

Thétis lui verser du nectar et de l'ambroisie sans qu'il le sache pour qu'il n'ait pas de problème pendant le combat.

Il revêt enfin ses armes parfaitement adaptées et resplendit littéralement. Son conducteur de char, Automédon, attelle les chevaux de son père et Achille leur ordonne de ramener leur conducteur vivant. C'est alors que le cheval Xanthe, d'une voix humaine qu'Héra lui donne soudain, prédit la mort à son maître Achille.

Chant XX

Zeus réunit les dieux immortels au sommet de l'Olympe et leur permet à présent d'intervenir dans le combat à leur gré et selon leur cœur. Du côté des Achéens, on trouve Héra, Athéna, Poséidon, Hermès et Héphaïstos ; du côté des Troyens, Arès, Apollon, Artémis, le Xanthe[1] et Aphrodite.

Zeus tonne longuement dans le ciel, Poséidon fait trembler la terre et les montagnes : Troie tremble et les navires des Achéens aussi. Pendant que les dieux se précipitent pour soutenir leurs protégés, Achille court en tous sens car il brûle d'attaquer

1→ Fleuve sacré pour les Troyens.

Hector mais Apollon lui fait combattre Énée, fils d'Anchise. Ils luttent furieusement mais finalement, et contre toute attente, Poséidon a pitié d'Énée et le soustrait aux coups d'Achille.

Achille, pour se venger, massacre tous les Troyens qu'il trouve sur son chemin.

Chant XXI

Achille au bord du Scamandre[1]

Dès que les Troyens arrivent au gué du beau fleuve, le Xanthe tourbillonnant, dont Zeus est le père immortel, Achille les sépare. Il pousse les uns vers la plaine, dans la direction de la ville. Les autres, il les accule au fleuve profond aux tourbillons d'argent où ils se précipitent à grand fracas ; les eaux profondes et les falaises tout autour grondent de façon terrifiante. Les Troyens poussent des cris et se débattent en nageant, ballottés, emportés par les tourbillons. On dirait des sauterelles qui se réfugient dans l'eau, effrayées par le feu. C'est ainsi que le fleuve se remplit pêle-mêle d'hommes et de chars dans un vacarme assourdissant. Et Achille de se jeter dans le fleuve depuis la falaise où il a laissé sa pique et de frapper à tour de bras de son épée, comme un possédé. Alors monte une horrible plainte de

1. Autre nom du Xanthe, fleuve sacré.

tous les Troyens qu'il trucide et l'eau devient rouge de sang. Comme des poissons qui s'enfuient devant un énorme dauphin, les Troyens cherchent à se cacher sous les rochers escarpés de la rive. Quand Achille est fatigué de tuer, il ramasse alors, vivants, dans le fleuve, douze jeunes gens qui paieront pour Patrocle mort. Il les fait sortir, plus effrayés que des faons, leur attache les mains derrière le dos avec de bonnes courroies et les remet à ses compagnons pour qu'ils soient conduits jusqu'aux navires creux. Puis il s'élance de nouveau, avide de massacre.

Achille et Lycaon

Achille tombe alors sur un fils de Priam qui est en train de s'échapper du fleuve. C'est Lycaon qu'Achille a déjà fait prisonnier et vendu et qui est rentré chez lui depuis onze jours. Lycaon est désarmé, sans casque, sans bouclier ni javeline car il a tout jeté par terre. Il est en sueur, épuisé par les efforts qu'il a faits pour sortir du fleuve et il ne tient plus sur ses jambes. Il s'approche d'Achille effaré et veut à toutes forces lui toucher les genoux. Il veut tant échapper à la mort. Le divin Achille lève sa longue javeline car il veut, lui, à tout prix, le tuer. Lycaon se dérobe et, tête baissée, court lui attraper les genoux. D'une main, il saisit suppliant les genoux d'Achille, de l'autre, il retient sa lance et lui dit :

– Je suis à tes genoux, Achille. Respecte-moi, aie pitié de moi. Je suis ton suppliant. [...] Ne me tue pas, je ne suis pas sorti du même ventre qu'Hector qui a tué ton bienveillant et fort compagnon.

C'est ainsi que parle le fils de Priam. Mais en réponse, il entend une voix implacable :

– Pauvre idiot ! Jadis, avant la mort de Patrocle, j'épargnais volontiers les Troyens. J'en ai pris des tas vivants que j'ai vendus. Mais désormais aucun n'échappera à la mort, du moins aucun de ceux que le Ciel fera tomber entre mes mains et, surtout, aucun des fils de Priam. Va, mon ami, meurs à ton tour. Pourquoi gémir ainsi ? Patrocle est bien mort et il valait cent fois plus que toi. [...]

Ce sont ses paroles. Lycaon sent son cœur et ses genoux flancher. Il lâche la lance d'Achille et s'affaisse, les deux bras étendus. Achille a déjà tiré son épée et il le frappe près du cou, à la clavicule. L'épée à deux tranchants s'y enfonce tout entière. Lycaon gît là, tête en avant, et son sang noir coule et imprègne la terre. Achille le prend par un pied, le jette dans le fleuve et dit en triomphant :

– Va donc te reposer chez les poissons. Ils lécheront tranquillement le sang de ta blessure. Ta mère ne te déposera pas sur un lit de mort. Le Scamandre t'emportera jusqu'à la mer et un poisson viendra dévorer ta graisse. [...]

Achille et Astéropée

Puis Achille brandit sa longue javeline et se jette, impatient de le tuer, sur Astéropée, fils de Pélégon. Mais l'autre fait front : il sort du fleuve, deux javelines à la main. Le fleuve Scamandre, irrité qu'Achille ait massacré sans pitié autant de jeunes gens dans ses eaux, rend Astéropée furieux. Les voilà qui marchent l'un sur l'autre, ils se heurtent. [...] Achille lève sa pique et Astéropée ses deux javelines ensemble, car il sait tirer des deux bras. L'une frappe le bouclier sans le rompre grâce à l'or d'Héphaïstos. L'autre touche et égratigne le coude du bras droit dont elle fait gicler le sang noir puis va se planter dans le sol. Achille lance sa pique au vol bien droit sur Astéropée mais il le manque et touche la haute falaise. Le fils de Pélée tire alors l'épée aiguë qui pend le long de sa cuisse et bondit comme un fou sur Astéropée qui tente d'arracher à la falaise la lance d'Achille. Par trois fois, il l'ébranle, par trois fois, il doit relâcher son effort. La quatrième fois, il voudrait bien la briser, cette lance, mais Achille est déjà sur lui et lui arrache la vie avec son épée. Il le frappe au ventre, à côté du nombril. Toutes ses entrailles se répandent à terre, un voile couvre ses yeux d'agonisant ; Achille se jette sur lui et le dépouille de ses armes, tenant des propos de triomphe. [...]

La colère de Scamandre

Achille arrache sa lance de bronze de la falaise. Il laisse Astéropée sans vie, là, sur le sable, trempé par l'eau noire. Anguilles et poissons déchirent et rongent la graisse de ses reins tandis qu'Achille repart en chasse et fait d'autres victimes. Et il aurait continué sur sa lancée si le fleuve tourbillonnant ne lui avait parlé, prenant l'aspect d'un homme.

Scamandre, très en colère, lui demande d'arrêter ce carnage mais Achille refuse catégoriquement.

Achille saute de la berge en plein fleuve. Mais le fleuve se gonfle, furieux. Il soulève ses flots, il rejette sur la terre les innombrables cadavres, victimes d'Achille, qui pullulent dans son lit, et il mugit comme un taureau. Il sauve en revanche les vivants qu'il trouve dans ses belles eaux et les cache au fond de ses tourbillons immenses. Un flot tumultueux et terrible se lève autour d'Achille. Le courant se précipite sur son bouclier et tâche de le repousser et le héros ne tient plus sur ses pieds. Il s'agrippe alors à un grand et bel ormeau qui s'abat, déraciné, emportant toute la berge. De ses branches serrées, l'arbre arrête le cours des eaux et, en s'écroulant sur le fleuve, il forme un pont. Achille, grâce à ce pont, sort du tourbillon et s'élance à travers la plaine, volant de ses pieds rapides, pris de panique. Mais le puissant dieu n'a pas dit son dernier mot et il s'élance sur lui avec sa crête noire pour arrêter Achille dans ses crimes et écarter les Troyens du malheur. Le fils de Pélée s'éloigne, en un seul bond, à une distance d'une portée de lance. Il a l'élan de l'aigle noir, l'aigle chasseur, le plus fort et le plus rapide des oiseaux. Le bronze résonne terriblement autour de sa poitrine tandis qu'il s'échappe, prend de la distance et s'enfuit. Mais le fleuve le poursuit à grands flots dans un grondement assourdissant. [...]

Achille est toujours rattrapé par le flot malgré ses pieds rapides : les dieux sont plus forts que les hommes ! Chaque fois, le divin Achille aux pieds infatigables pense à se retourner et à faire front. Il voudrait voir s'il n'a pas à ses trousses tous les dieux immortels mais, chaque fois, le flot puissant s'abat sur ses épaules et Achille aussitôt repart d'un bond, épouvanté.

Achille s'adresse à Zeus. Il lui demande si son sort est de périr par un fleuve comme un jeune porcher et non par Hector comme un guerrier.

Poséidon et Athéna viennent le rassurer sous la forme de mortels. Ils lui disent que son destin n'est pas de mourir dans un fleuve - que celui-ci va se calmer - mais de tuer Hector avant de revenir aux navires.

Les paroles des dieux stimulent Achille qui s'en va par la plaine inondée, les eaux ayant débordé. Des centaines de belles armes de jeunes guerriers massacrés et autant de cadavres y flottent. Achille bondit à contre-courant sans être arrêté par le fleuve car Athéna lui a donné une force immense. Mais le Scamandre ne suspend pas son élan pour autant et sa colère ne fait que grandir contre Achille. Il soulève, il dresse ses flots contre le fils de Pélée. [...]

Combat du feu et de l'eau

Le fleuve lance sur Achille ses flots déchaînés, soulevés par la fureur, dans un grondement d'écume mêlée de sang et de cadavres. La houle bouillonnante du fleuve monte et cherche à écraser le fils de Pélée. Héra pousse un grand cri. Elle a peur que le fleuve n'emporte Achille et elle appelle son fils Héphaïstos :

– Debout, mon fils, le Boiteux ! Le Xanthe me semble un adversaire tout trouvé pour toi. Vite, à l'aide ! Allume tes flammes. Moi, je vais aller soulever une grosse bourrasque du côté de la mer. Elle brûlera les armes et les corps des

Troyens et portera chez eux un funeste incendie. Toi, brûle les arbres le long des berges du fleuve et livre-le au feu lui-même sans te laisser attendrir par des flatteries ou des menaces. N'arrête pas ton élan ni tes flammes avant d'avoir entendu ma voix.

C'est ainsi qu'Héphaïstos prépare un gigantesque incendie. Il commence par la plaine où il brûle les morts innombrables, victimes d'Achille, qui encombrent le fleuve. Voici à présent la plaine asséchée et le fleuve brillant immobile. Héphaïstos tourne alors vers le fleuve ses flammes flamboyantes. Les ormeaux, les saules, les tamaris, le lotus, le jonc et le papyrus qui poussaient en abondance le long des belles eaux brûlent aussi. Les anguilles et tous les poissons tournent en tous sens dans les tourbillons. La force du fleuve brûle ! Alors il s'adresse à Héphaïstos :

– Héphaïstos, aucun dieu ne peut combattre contre toi ! Va, cesse la lutte ! Le divin Achille peut bien chasser les Troyens de leur ville, pourquoi leur viendrais-je en aide ?

Il parle ainsi, brûlé par le feu. Des bulles jaillissent de ses eaux. [...] Le fleuve flambe, son flot bout, il ne peut plus couler. Il est stoppé par le souffle d'Héphaïstos. Le fleuve dit alors à Héra :

– Héra, pourquoi ton fils s'en prend-il ainsi à moi ? Je veux bien m'arrêter si tu me le demandes, mais qu'il s'arrête aussi alors ! Et je veux bien te faire un serment : non, jamais je n'éloignerai la mort des Troyens même quand Troie tout entière flambera et que les incendiaires seront les courageux fils des Achéens.

A ces mots, Héra s'empresse de parler à Héphaïstos :

– Héphaïstos, mon illustre enfant, arrête ! Il ne convient pas de maltraiter ainsi un dieu immortel pour la cause d'un mortel.

Héphaïstos éteint alors le gigantesque incendie et le flot recule pour redescendre dans son lit.

La guerre chez les dieux

Alors que la fureur du fleuve est domptée, voici qu'une pénible dispute s'abat sur les autres dieux. Ils se ruent les uns contre les autres dans un terrible fracas. La Terre gronde et le Ciel immense résonne des trompettes de la guerre. Zeus est assis sur l'Olympe, il entend la dispute et rit de joie de voir les dieux entrer en conflit. Arès, perceur de boucliers, donne le signal. Il se jette le premier sur Athéna, la lance de bronze à la main, avec ces insultes :

– Pourquoi, mouche à chien, mets-tu donc encore les dieux en conflit ? Quel est ton but ? Aurais-tu oublié le jour où tu as poussé Diomède à me blesser ? Je crois qu'aujourd'hui, tu vas me le payer.

Sur ce, il frappe Athéna à l'égide frangée intouchable même de la foudre de Zeus. Athéna recule et saisit une énorme pierre rugueuse. Elle frappe Arès au cou et lui brise les membres. En tombant, il couvre sept arpents[1] sur le sol, la poussière souille ses cheveux et ses armes vibrent sur lui. Athéna éclate de rire et lui dit en triomphant :

– Pauvre idiot ! Tu n'as pas encore compris à quel point je suis plus forte que toi, tu oses te mesurer à moi ! [...]

1→ Ancienne mesure agraire qui valait de 20 à 50 ares.

Alors Aphrodite vient prendre Arès par la main. Le dieu n'arrête pas de gémir et n'a plus de courage. Mais Héra a vu Aphrodite et dit brusquement à Athéna :

– Attention ! Voici encore la mouche à chien qui veut emmener Arès hors du combat. Poursuis-la !

Athéna s'élance derrière Aphrodite, toute joyeuse, et lui donne un violent coup de poing dans la poitrine. Aphrodite ne bouge plus, ses genoux et son cœur flanchent. La voilà, près d'Arès, couchée sur la terre nourricière. Athéna triomphe :

– Qu'ainsi finissent les protecteurs de Troie ! Il y a longtemps que, sans eux, nous aurions terminé la guerre et détruit la belle ville de Troie.

Elle fait sourire Héra tandis que le puissant Ébranleur de la Terre s'adresse à Apollon :

– Apollon, pourquoi rester tous deux à distance ? Maintenant que les autres ont donné l'exemple, il serait honteux de retourner dans l'Olympe. Commence, tu es le plus jeune. [...]

Et Apollon de répondre :

– Ébranleur de la Terre, tu me dirais que j'ai perdu la tête si je partais en guerre contre toi pour de pauvres humains, pareils à des feuilles, qui tantôt débordent de vie en mangeant les fruits de la terre et tantôt dépérissent, privés de vie. Arrêtons au plus vite ce combat et laissons-les régler eux-mêmes leurs querelles.

Sur ces paroles, il se détourne ; l'idée d'en venir aux mains avec son oncle lui fait horreur. Mais sa sœur Artémis l'agresse en l'insultant :

– Quoi ! Tu fuis et tu laisses la victoire à Poséidon ! Pauvre idiot ! A quoi te sert ton arc ? Je ne veux plus t'entendre te vanter désormais d'affronter Poséidon !

Apollon ne réplique rien mais Léto, irritée, s'en prend à Artémis avec des termes injurieux :

– Quoi ! Tu veux, chienne effrontée, me tenir tête aujourd'hui ? Je vais te faire voir ce qu'il en coûte de vouloir se mesurer à moi malgré ton arc ! Tu ferais mieux d'aller massacrer les bêtes des montagnes et les biches sauvages plutôt que d'entrer en guerre avec plus fort que toi !

Et, de sa main gauche, elle lui attrape les poignets et, de sa droite, elle lui enlève l'arc de l'épaule. Puis, en souriant, elle la frappe au visage avec cet arc, près des oreilles, tandis que l'autre tourne la tête à chaque coup et que les flèches se répandent sur le sol. Artémis baisse la tête en pleurant et s'enfuit. [...]

Achille devant Troie

Cependant Apollon pénètre dans Troie. [...] Quant aux autres dieux, ils s'en retournent vers l'Olympe, les uns dépités, les autres triomphants, et s'assoient à côté de leur père. Pendant ce temps, Achille massacre les Troyens, hommes et chevaux. Achille apporte le chagrin et le deuil aux Troyens.

Le vieux Priam, alors posté sur le rempart, aperçoit le gigantesque Achille.

Devant lui, les Troyens fuient, apeurés et sans aucun secours. Priam descend du rempart en gémissant et encourage les portiers placés le long du mur :

– Maintenez les portes bien ouvertes de vos bras jusqu'à ce que nos gens pris de panique aient atteint la ville. Je crois bien que nous allons à un désastre. Lorsque nos gens seront rentrés, refermez les portes : j'ai peur que cet homme fatal bondisse dans nos murs.

Ainsi parle Priam. Et ils ouvrent les portes dans l'espoir d'être sauvés. Apollon s'élance au-devant des Troyens qu'il veut préserver du malheur. Eux fuient vers la ville et son haut rempart, la gorge desséchée par la soif et couverts de poussière.

Achille les poursuit sans relâche, la lance au poing, enragé et désireux de gloire.

Alors, les Achéens auraient pris Troie aux hautes portes si Phébus Apollon n'avait poussé en avant le divin Agénor, héros puissant et sans reproche, fils d'Anténor. Il le rend audacieux et se tient près de lui, appuyé contre un chêne, dissimulé par un épais nuage. Mais dès qu'Agénor aperçoit Achille, il s'arrête, perdu dans ses pensées [...], puis ramassé sur lui-même, l'attend comme la panthère qui sort d'un fourré pour affronter un chasseur. Il ne veut pas fuir avant d'avoir affronté Achille. Il met devant lui son bouclier rond et vise Achille de sa lance en criant :

– Tu as cru que tu détruirais aujourd'hui la cité des fiers Troyens ! Pauvre fou ! Il vous faudra encore supporter bien des misères pour elle : nous sommes nombreux à avoir du courage derrière ses murs, prêts à défendre nos parents, nos femmes et nos enfants. Nous saurons protéger Troie. Et c'est toi qui vas achever ton destin ici, aussi terrible et audacieux sois-tu !

A ces mots, il lance sa javeline aiguë et touche la jambe d'Achille au-dessous du genou. La jambière d'étain neuf qui entoure sa jambe rend un son terrible mais le bronze a rejailli sans la traverser. Le fils de Pélée s'élance à son tour sur Agénor. Mais Apollon ne lui permet pas cette gloire : il lui arrache l'homme, le dissimule derrière une épaisse vapeur puis le conduit à l'abri du combat. En même temps, il tend un piège à Achille. Il prend l'apparence d'Agénor et se dresse devant lui. Le héros aussitôt se lance à sa poursuite. Il le poursuit longtemps par la plaine le long du tourbillonnant Scamandre. Apollon se dérobe en gardant une toute petite avance sur Achille. Il lui laisse croire perfidement qu'il pourra l'atteindre de ses pieds agiles. Et, pendant tout ce temps, les autres Troyens, pris de panique, atteignent la ville, en masse, trop heureux d'être sains et saufs. Et voilà qu'ils remplissent la cité. Ils n'osent même plus s'attendre les uns les autres pour savoir qui a survécu ou est mort au combat. Ils s'engouffrent précipitamment dans Troie.

Chant XXII

La colère d'Achille

C'est ainsi que les Troyens se sont réfugiés dans la ville, apeurés comme des faons. Et les voilà qui sèchent leur sueur à l'air libre et étanchent leur soif, appuyés aux beaux parapets. Pendant ce temps, les Achéens approchent des murailles, le bouclier contre l'épaule. Seul, Hector reste là, prisonnier d'un destin funeste, devant Troie et les portes Scées.

Phébus Apollon s'adresse alors à Achille en ces termes :

– Pourquoi me poursuis-tu ainsi de tes pieds rapides ? Tu n'es qu'un homme et moi, je suis un dieu. Tu ne m'as pas encore reconnu ? Ta fureur est sans limites. Vraiment, tu ne songes plus à te battre contre ces Troyens que tu avais mis en fuite ? Ils ont regagné leur ville, tandis que toi, tu t'égarais ici. Non, tu ne me tueras pas : je ne suis pas de ceux que t'accorde le destin.

Achille se met en colère violemment :

– Tu m'as trompé, Apollon, toi, le plus exécrable des dieux, en m'éloignant des murs de Troie pour me conduire ici ! Sans cela, bien d'autres guerriers auraient mordu la poussière avant d'atteindre Troie. Mais tu as voulu me priver d'une grande gloire en sauvant les Troyens sans risque puisque tu n'as aucun châtiment à redouter. Ah ! Je te punirais bien si je le pouvais !

Priam et Hécube supplient Hector de rentrer dans Troie

C'est rempli d'orgueil qu'Achille se dirige vers la ville comme un cheval vainqueur qui tire son char sans effort. Le vieux Priam l'aperçoit en premier, resplendissant comme un astre. [...] Il gémit, lève les bras et se frappe la tête puis il sanglote, crie et supplie son fils qui reste là, devant les portes, dans un désir obstiné de se battre contre Achille. Il tend les bras vers lui et lui dit d'une voix pitoyable :

– Hector, mon fils, crois-moi, n'attends pas cet homme tout seul, loin des tiens, sinon tu mets un terme à ton destin, terrassé par le fils de Pélée. Il est cent fois plus fort que toi, le cruel ! Si les dieux l'aimaient comme je l'aime, moi, il serait mangé par les chiens et les vautours immédiatement, et je n'aurais plus de chagrin ! Il m'a pris tant de fils qu'il a tués ou vendus dans les îles lointaines ! [...] Va, entre dans nos murs, mon enfant. Tu sauveras ainsi Troyens et Troyennes, tu ne donneras pas une immense gloire au fils de Pélée et, toi-même, tu ne perdras pas la vie. Et puis, aie pitié de moi aussi, le pauvre vieux qui a encore toute sa tête, moi le malheureux que Zeus va faire mourir au seuil de la vieillesse après avoir vu tant de malheurs : mes fils agonisants, mes filles traînées en esclavage, mes chambres ravagées, mes petits-fils jetés à terre dans l'atroce carnage et mes belles-filles enlevées entre les bras maudits des Achéens. Moi, pour finir, je serai mis en pièces par les chiens carnassiers, à la première de mes portes, alors que le bronze aigu m'aura ôté la vie ! [...]

Ainsi parle le vieillard et il arrache ses cheveux blancs à

pleines mains mais il ne persuade pas Hector pour autant. Sa mère, de son côté, se lamente et pleure. Elle découvre son sein, le soulève d'une main et dit, toute en larmes :

– Hector, mon enfant, aie pitié de ce sein, aie pitié de moi qui t'ai donné le sein autrefois, souviens-t'en, mon enfant ! Repousse ce guerrier ennemi, mais à l'intérieur de nos murs ! Ne te campe pas devant lui ! Le cruel, s'il te tue, je ne pourrai pas, mon grand, te pleurer sur un lit funèbre et ton épouse ne le pourra pas non plus ! Les chiens te mangeront, loin de nous, près des navires !

Hésitations d'Hector

Ainsi père et mère parlent à leur fils en pleurant, en suppliant, mais ils ne persuadent pas Hector. Il reste toujours là à attendre le gigantesque Achille, tel un serpent des montagnes, posté sur son trou. Il s'énerve et se dit :

– Ah ! Misère ! Si je franchis les portes et la muraille, Polydamas sera le premier à me faire honte, lui qui me conseillait de diriger les Troyens vers la ville, cette maudite nuit qui a vu le retour du divin Achille ! Et dire que je ne l'ai pas cru… J'aurais mieux fait pourtant ! Et à présent j'ai perdu mon peuple parce que j'avais perdu l'esprit. Je meurs de honte en face des Troyens et des Troyennes aux robes traînantes. Je ne veux surtout pas qu'un moins courageux que moi aille dire un jour : « Hector a perdu son peuple parce qu'il avait trop confiance en lui ! » C'est ce qu'on dira. Je ferais mieux d'affronter Achille et de revenir après l'avoir tué ou de mourir avec gloire sous ses coups devant ma cité.

Et si je déposais là mon bouclier bombé et mon casque solide, si je laissais ma pique contre la muraille et si j'allais droit à Achille ? Je lui promettrais Hélène et les trésors que Pâris a rapportés à Troie sur ses navires, tout ce qui est à l'origine de notre querelle, et je proposerais aux Achéens de partager en deux toutes les richesses de Troie contre un serment… Mais pourquoi me poser tant de questions et me tourmenter ainsi ? Si je vais vers Achille, il n'aura ni pitié ni respect pour moi et il me tuera comme une femme désarmée. Non, non, pas de paroles, mieux vaut crever l'abcès en nous affrontant au plus vite. Voyons auquel des deux Zeus l'Olympien veut accorder la gloire !

La poursuite

Voilà dans quel état d'esprit Hector attend. Et voici qu'Achille s'approche. Sa pique vibre à son épaule droite, effrayante, et, tout autour de lui, le bronze resplendit comme le feu qui flamboie ou le soleil qui se lève. A sa vue, Hector est pris de panique. Il n'a plus le courage de rester, il s'en va, laissant derrière lui les portes de Troie. Il prend la fuite. Et le fils de Pélée s'élance, sûr de ses pieds rapides. Tel un épervier qui fonce sur une palombe tremblante de peur, Achille se rapproche en poussant des cris aigus et va droit sur Hector qui fuit, apeuré, sous le rempart de Troie. Ils s'élancent tous deux, s'écartent toujours davantage des murs et se retrouvent sur la grand-route. Les voici arrivés devant les deux fontaines aux belles eaux, là où jaillissent les deux sources du Scamandre tourbillonnant, l'une tiède, l'autre glacée. Les Troyennes lavaient leurs vêtements brillants dans les deux beaux et larges lavoirs de pierre qui se trouvent à côté, autrefois, en temps de paix. Ils passent devant, l'un en fuite, l'autre le poursuivant. C'est un courageux qui fuit mais il l'est encore davantage celui qui le poursuit à toutes jambes. Ils ne luttent pas pour une victime ou une peau de bœuf, pour un prix de course à pied, mais pour la vie d'Hector.

Ils font ainsi trois fois le tour de la ville de Priam sous le regard de tous les dieux. Alors Zeus prend la parole d'abord :

– J'aime beaucoup l'homme que je vois poursuivi autour du rempart et je me désole pour Hector. [...] Réfléchissez, vous autres dieux ! Le sauverons-nous de la mort ou allons-nous laisser Achille l'abattre ?

Athéna aux yeux pers lui répond :

– Mais qu'est-ce que tu racontes, père à la foudre blanche et à la nuée noire ? Quoi ? Tu voudrais qu'un simple mortel échappe à la mort, lui dont c'est le destin depuis longtemps ? Comme tu voudras ! Mais nous, les autres dieux, nous ne sommes pas d'accord avec toi.

Et Zeus de répliquer :

– Ne t'inquiète pas, ma fille, je veux être bon avec toi. Agis selon tes vœux et dépêche-toi.

Ses paroles réveillent l'ardeur d'Athéna et, d'un bond, la voilà qui descend de l'Olympe.

Intervention d'Athéna

Le rapide Achille bouscule obstinément Hector comme un chien qui poursuit un faon. [...] Mais Apollon vient exciter les forces d'Hector. Cependant, Achille interdit à ses guerriers de lancer des armes sur Hector car il veut toute la gloire pour lui seul. Les voici à présent tous deux qui reviennent aux fontaines pour la quatrième fois. Cette fois, Zeus déploie sa balance d'or : il y place les deux déesses de la Mort, celle d'Achille et celle d'Hector. Puis il soulève la balance en la prenant par le milieu et c'est le jour fatal d'Hector qui est le plus lourd et penche vers Hadès. Alors Apollon abandonne Hector tandis qu'Athéna aux yeux pers s'approche du fils de Pélée et lui dit :

– Cette fois, nous allons, à nous deux, remporter une immense victoire en tuant Hector ; il ne peut plus nous échapper, Apollon est impuissant. Calme-toi et souffle un peu : je vais le persuader de te combattre face à face.

Achille lui obéit, fou de joie. Il s'arrête et s'appuie sur sa lance à pointe de bronze pendant qu'Athéna va trouver Hector. Elle prend l'apparence et la voix de Déiphobe et lui dit :

– Mon ami, le rapide Achille t'épuise vraiment en te poursuivant autour de la ville de Priam. Allons ! Arrêtons-nous et affrontons-le pour le repousser.

– Déiphobe, réplique Hector, tu étais déjà mon frère préféré mais aujourd'hui, je t'apprécie encore davantage car tu as eu le courage de sortir du rempart, pour moi, alors que les autres restent tous derrière.

La déesse lui réplique :

– Hector , mon père, ma mère et tous mes amis m'ont supplié à genoux de rester derrière le rempart tant ils tremblent tous de peur ! Mais j'avais trop de chagrin ! Tous les deux, allons droit devant nous désormais et combattons furieusement sans ménager nos javelines. Nous verrons bien si Achille doit nous tuer et emporter nos dépouilles vers ses navires ou bien s'il sera terrassé par ta lance!

Le combat Hector au casque étincelant prend la parole le premier :

– Je ne te fuirai plus, fils de Pélée. Je t'aurai ou tu m'auras. Prenons les dieux comme garants : ils seront les meilleurs témoins et gardiens de nos accords. Je ne veux pas t'offenser si Zeus m'obtient de t'arracher la vie : au contraire, après t'avoir pris les armes, je m'engage à rendre ton corps aux Achéens, Achille. Fais-en de même, toi.

Achille lui jette un regard noir et rétorque :

– Misérable Hector, ne viens pas me parler d'accord. Il n'existe pas de pacte loyal entre hommes et lions. Les loups et les agneaux ne sont pas davantage faits pour s'accorder. Ils ne pensent qu'à se faire du mal, au contraire. De la même façon, il ne peut y avoir d'amitié entre toi et moi, ni de pacte. Ranime ton courage! C'est maintenant ou jamais que tu dois faire tes preuves!

Il brandit aussitôt sa longue pique et la lance sur Hector qui l'évite en s'accroupissant. La pique passe au-dessus de lui et va se planter dans le sol. Athéna s'en empare aussitôt et la rend à Achille sans être vue d'Hector qui s'adresse ainsi au fils de Pélée :

– Manqué, tu m'as manqué! Tu ne savais donc pas l'heure de ma mort comme tu le disais pourtant! Tu n'es qu'un beau parleur, un hypocrite qui voulait que j'oublie mon courage ! Non, tu ne planteras pas ta pique dans le dos d'un fuyard. Je marche droit sur toi, plante-la moi dans la poitrine, si le Ciel le permet ! Et pour l'instant, essaie plutôt d'éviter ma javeline de bronze. Si seulement elle pouvait s'enfoncer tout entière dans ta chair ! La guerre serait moins pénible pour les Troyens si tu étais mort car tu es la pire des catastrophes pour eux.

A ces mots, il lance sa longue javeline en avant et atteint le bouclier d'Achille, au milieu. Mais la javeline est repoussée et Hector est furieux de voir qu'il a perdu sa javeline pour rien. Il se sent humilié et n'a plus de pique. Il appelle en criant Déiphobe et lui demande une lance mais Déiphobe n'est plus à ses côtés. Alors Hector comprend tout : « Hélas, il n'y a plus de doute ! Les dieux m'appellent à la mort. Je croyais avoir Déiphobe à mes côtés mais il est dans nos murs. C'est Athéna qui m'a piégé ! La mort approche, je ne peux pas lui échapper. C'était donc depuis longtemps la volonté de Zeus et d'Apollon qui me protégeaient autrefois. C'est mon destin. Mais je ne mourrai pas sans combat ni sans gloire ni sans un exploit dont les générations futures se souviendront. »

La mort d'Hector

Hector tire le grand glaive aigu suspendu à sa hanche et prend son élan tel un aigle.

Achille bondit aussi, saisi d'une fureur sauvage. Il se protège de son beau bouclier façonné par Héphaïstos. Son casque étincelant à la splendide crinière d'or va et vient sur son front. Comme l'étoile du soir, la plus belle du firmament, la pique aiguisée qu'Achille brandit dans sa main droite brille de tous ses feux. Le fils de Pélée réfléchit à la façon de tuer Hector, cherchant des yeux le meilleur endroit où l'atteindre. Les belles armes de bronze qu'il a volées à Patrocle, après l'avoir tué, protègent tout son corps. Un seul endroit reste à nu, là où la clavicule sépare l'épaule de la gorge. C'est là qu'on perd le plus vite la vie, c'est là qu'Achille enfonce sa javeline. La pointe traverse le cou délicat de part en part. Cependant, la trachée n'est pas percée et Hector peut encore prononcer quelques mots. Et tandis qu'il s'écroule dans la poussière, Achille triomphe :

– Hector, tu croyais peut-être t'en sortir indemne quand tu dépouillais Patrocle ! Tu m'avais complètement oublié, j'étais si loin ! Pauvre imbécile ! Mais, près des navires creux, un défenseur, bien plus courageux, était resté à l'écart. C'était moi, moi qui viens de te rompre les os ; et les chiens et les oiseaux vont te réduire lamentablement en lambeaux tandis que les Achéens lui rendront les honneurs funèbres, à lui !

Hector au casque étincelant répond d'une petite voix :

– Je t'en supplie, ne laisse pas les chiens me dévorer près des navires achéens. Accepte autant de bronze et d'or que tu voudras, accepte les cadeaux de mes dignes parents et rends-leur mon corps pour qu'ils le ramènent chez moi et que Troyens et Troyennes puissent m'immoler par le feu.

Achille lui lance un regard mauvais et lui rétorque :

– Non, chien, ce n'est pas la peine de me supplier ! Si je n'écoutais que moi, je découperais ton corps pour le dévorer tout cru, pour me venger du mal que tu m'as fait ! Ta tête n'échappera pas aux chiens même si on me proposait dix fois, vingt fois et plus encore le prix de ta rançon, même si Priam m'offrait l'équivalent de ton poids en or dans une balance. Non, quoi qu'on fasse, ta mère ne te placera pas sur un lit funèbre pour pleurer celui qu'elle a mis au monde et les chiens et les oiseaux te dévoreront tout entier.

Et Hector mourant, Hector au casque étincelant dit ces mots :

– Oh, mais je te connais, je n'ai qu'à te regarder. Tu es insensible, tu as une pierre à la place du cœur. Fais attention, tu vas déclencher la colère chez les dieux. Pense au jour où tu mourras sous les coups de Pâris et d'Apollon devant les portes Scées.

Ces mots sont les derniers, la mort l'enveloppe déjà. L'âme quitte ses membres et s'en va, en volant, chez Hadès, laissant force et jeunesse.

Et c'est à un mort qu'Achille continue de parler :

– Crève donc ! Moi, je mourrai quand Zeus et les autres dieux le décideront.

Après quoi, il retire du cadavre sa pique de bronze qu'il jette au loin. Puis il détache des épaules d'Hector les armes pleines de sang. Les fils des Achéens arrivent de tous côtés. Ils envient la taille et la beauté d'Hector. Chacun le frappe en passant : « Eh, eh ! Le voilà bien plus doux à tâter, notre Hector, que lorsqu' il mettait le feu à nos bateaux ! »

Achille finit de dépouiller le cadavre et dit :

– Les dieux nous ont permis d'abattre cet homme qui nous a fait, à lui seul, plus de mal que tous les autres

Troyens. Faisons le tour de Troie, armés jusqu'aux dents, pour savoir ce qu'ils vont faire maintenant... Mais pourquoi s'inquiéter pour ça? Il y a mieux à faire! Là-bas, près des navires, gît le corps de Patrocle. Personne ne l'a pleuré, personne ne l'a enseveli. Moi, je ne l'oublierai pas tant que je serai en vie. Et même aux Enfers, même là, je ne l'oublierai pas.

Alors Achille imagine un sort déshonorant pour Hector. Il lui perce les tendons entre la cheville et le talon, y passe des courroies qu'il attache à son char, en laissant traîner la tête. Il monte sur son char avec les armes illustres d'Hector et fouette ses chevaux qui partent au triple galop.

Le cadavre, ainsi tiré, soulève un nuage de poussière. Ses cheveux noirs se déploient et sa tête, autrefois si belle, traîne sur le sol – cette tête que Zeus livre à présent à ses ennemis pour qu'ils la déshonorent sur sa terre natale.

Le deuil à Troie

Et tandis que la tête d'Hector se couvre de poussière, sa mère s'arrache les cheveux. En voyant son fils, elle jette son voile et éclate en sanglots. Son père en fait autant. Autour d'eux, tous les Troyens sanglotent et gémissent à l'unisson. Personne ne parvient à retenir le vieillard scandalisé qui veut à tout prix sortir de la ville. [...]

L'épouse d'Hector ne sait encore rien. Aucun messager ne lui a dit que son époux est resté hors de la ville. Elle tisse au fond de sa vaste maison un grand manteau de pourpre qu'elle agrémente de broderies variées. Elle vient d'ordonner à ses servantes de mettre au feu un grand trépied pour qu'Hector trouve un bain chaud à son retour du combat. La pauvre ! Elle ne sait pas que, loin de ce bain, il a été terrassé par le bras d'Achille guidé par Athéna aux yeux pers. Voilà qu'elle entend des sanglots et des gémissements qui viennent du rempart. Elle vacille, la navette lui tombe des mains. [...] Elle traverse le palais en courant comme une folle, le cœur palpitant, suivie de ses servantes. Arrivée aux murs où se presse la foule, elle s'arrête, les yeux hagards, sur le rempart. Elle le voit, c'est lui, c'est Hector ! Son corps est traîné devant la ville par les chevaux rapides qui l'emportent vers les navires.

Ses yeux se voilent, elle tombe en arrière, évanouie. Le diadème, la coiffe et le voile qu'Aphrodite d'or lui a offerts glissent de son front. La famille de son époux la soutient alors qu'elle se trouve mal. Enfin, là voilà revenue à elle. Elle rassemble son courage et, dans un sanglot, prononce ces mots :

– Hector ! Quel malheur ! Et il est si petit encore, notre fils, le fils que nous avons fait ensemble, toi et moi ! Tu ne seras pas un soutien pour lui, maintenant que tu es mort, et lui ne pourra pas davantage l'être pour toi. S'il échappe à la guerre, il n'aura pour avenir que chagrin et deuils. Le jour qui rend un enfant orphelin le prive en même temps des amis de son âge. Il baisse la tête devant les autres et ne fait que pleurer. Comme il n'a plus rien, il fait appel aux amis de son père : il tire l'un par son manteau, l'autre par sa tunique. Et même ceux qui ont pitié de lui et lui offrent à boire le laissent à peine tremper les lèvres. Et les enfants qui ont encore leurs parents le chassent du repas, en le couvrant de coups et d'insultes : « Va-t'en et tout de suite : ton père n'est pas de la fête. » Et il pleure à chaudes larmes, il n'a plus que sa mère pour le consoler, une mère veuve. [...] Et à présent, Hector, près des navires creux, loin de tes parents, les vers grouillants prendront la place des chiens pour achever de dévorer ton corps – ton corps tout nu – alors qu'ici, dans ton palais, des vêtements légers et élégants t'attendent... Mais je les mettrai au feu, et tu n'en profiteras pas, c'est vrai, puisque tu ne les porteras pas sur ton lit de mort.

Elle n'arrête pas de pleurer et toutes les femmes répondent à ses sanglots.

Chant XXIII

Le deuil d'Achille

Achille demande aux Myrmidons de se rassembler et de rendre un dernier hommage à Patrocle : ils tournent trois fois autour du cadavre sur leurs chars en se lamentant à l'unisson. Tout est trempé de leurs larmes, le sable comme les armures des guerriers. Achille promet à Patrocle de livrer le corps d'Hector aux chiens et d'égorger devant son bûcher douze jeunes Troyens. Et pour mieux humi-

lier Hector, il place son cadavre face contre terre, au pied du lit de mort de Patrocle. Alors tous les guerriers, des milliers, détellent leurs chevaux et enlèvent leurs armures. Achille leur offre un festin pour les funérailles de son ami Patrocle.

En signe de deuil, Achille refuse de laver le sang qui le recouvre tant que les funérailles de Patrocle n'auront pas eu lieu.

Après le festin, chacun s'endort.

Et voici que le fantôme du malheureux Patrocle apparaît à Achille endormi, en tout point semblable au héros : même taille, mêmes jolis yeux, même voix, mêmes vêtements. Il lui adresse ces mots :

– Tu dors et moi, tu m'oublies, Achille ! Dépêche-toi de célébrer mes funérailles que je puisse enfin aller chez Hadès. [...] Va, donne-moi ta main, je te le demande en pleurant. [...] Ne sais-tu pas que mourir sous les murs de Troie est aussi ton destin ? J'ai encore quelque chose à te dire, m'écouteras-tu ? Fais mettre nos cendres ensemble : ensemble, nous avons grandi dans votre maison [...]. Pélée m'a élevé avec amour et m'a nommé ton écuyer. Qu'un seul cercueil renferme nos cendres : ce sera l'urne d'or que ta mère t'a offerte.

– Pourquoi, répond Achille aux pieds rapides, es-tu donc venu ici ? Et pourquoi ces demandes insistantes ? Va, je t'obéirai, tu peux compter sur moi. Mais viens plus près de moi et pleurons, un instant au moins, dans les bras l'un de l'autre.

Alors, Achille tend les bras mais ne peut le toucher : le fantôme est rentré sous terre comme une fumée. [...]

Les funérailles de Patrocle

Les Achéens sont encore en train de se lamenter autour du corps de Patrocle quand se lève le jour. Agamemnon ordonne alors à ses hommes de chercher du bois et de le couper pour le bûcher. Les Achéens s'asseyent tous ensemble après avoir étalé un énorme tas de bois.

Achille ordonne brusquement à ses Myrmidons belliqueux de s'armer et d'atteler leurs chevaux. Tous se lèvent, mettent leurs armures et montent sur leurs chars. Derrière les chars, une foule innombrable suit à pied. Patrocle est porté, au milieu, par ses compagnons. Son cadavre est recouvert tout entier des cheveux qu'ils se sont coupés[1] et qu'ils ont jetés sur lui. A la fin du cortège, Achille, anéanti par le chagrin, soutient la tête du mort.

Ils déposent le corps à l'endroit désigné par Achille et amassent sans tarder tout le bois nécessaire. Alors Achille a une autre pensée. A l'écart du bûcher, il coupe ses cheveux blonds en disant :

– [...] Puisque je ne dois plus revoir les rivages de ma patrie, eh bien, c'est à Patrocle que je veux offrir ma chevelure.

Et il dépose ses cheveux dans les mains de son ami, tirant des larmes à chacun. [...]

1• En guise de deuil.

Agamemnon, alors, disperse les guerriers. Seuls les intimes restent là à entasser le bois et à construire un bûcher long et large de cent pieds. Ils déposent le mort au sommet du bûcher avec tristesse. Ils égorgent et préparent un grand nombre de moutons et de bœufs devant le bûcher. Achille en prend la graisse dont il recouvre le mort de la tête aux pieds. Puis, tout autour, il entasse les carcasses écorchées. Il pose contre le lit de mort des jarres pleines de miel et d'huile. Il jette aussi sur le bûcher quatre chevaux majestueux en poussant de grands cris. Enfin, il égorge deux des neuf chiens de Patrocle qu'il jette au feu ainsi que douze jeunes nobles Troyens qu'il a massacrés avec son glaive car il ne pense plus qu'à tuer. Alors il allume un feu violent et implacable. Il sanglote, il appelle son ami :

– Je te salue, Patrocle, même au fond de l'Hadès. Je vais accomplir à l'instant tout ce que je t'ai promis. Le feu dévore avec toi douze nobles fils des Troyens. Quant à Hector, ce n'est pas au feu que je le livrerai pour être dévoré mais aux chiens.

Mais le bûcher ne s'enflamme pas. Achille supplie les vents, Borée et Zéphyr, de lui venir en aide. Iris, la messagère, va les avertir et ils arrivent, attisent le feu toute la nuit, tandis qu'Achille puise du vin dans le cratère avec une coupe à deux anses. Il répand ce vin autour du bûcher en invoquant l'âme de son ami. Le lendemain matin, les vents rentrent chez eux, le feu s'éteint doucement et Achille, épuisé, retourne dans son baraquement et s'endort. Mais il est vite réveillé par les autres, rassemblés autour de lui. Il leur demande alors d'éteindre définitivement le feu avec du vin et de recueillir les os de Patrocle, facilement reconnaissables par leur emplacement. Il veut qu'on mette dans l'urne en or de sa mère les os de Patrocle blanchis par le feu.

Puis les Achéens tracent le cercle de l'emplacement du tombeau et amoncellent de la terre dont ils recouvrent tout le tombeau. Ils se dispersent enfin.

La course des chars

Achille veut organiser tout de suite et sur place des jeux funèbres en l'honneur de Patrocle. Il fait donc venir des navires les différents prix que recevront les vainqueurs des jeux. Pour la course de chars : une captive et un trépied pour le premier, une jument de six ans pour le deuxième, un bassin tout neuf pour le troisième, deux talents d'or pour le quatrième, et une urne à deux poignées pour le cinquième.

Les participants à la course de chars sont Eumèle, Diomède, Ménélas, Antiloque et Mérion. Nestor, le père d'Antiloque, rappelle comment il faut contourner la borne qui limite la fin de la piste. Et le vieux Phénix est désigné par Achille pour noter tout ce qui se passe, près du but. Le départ est enfin donné.

Ils fouettent tous ensemble leurs chevaux en les excitant furieusement de leurs rênes de cuir. Les chevaux rapides s'élancent dans la plaine et font monter de leur poitrail un tourbillon de poussière. Ils galopent, crinière au vent. Les conducteurs sont debout, chacun veut la victoire, chacun excite ses chevaux qui semblent voler dans la poussière.

Mais, au dernier stade de la course, les voilà qui reviennent vers la mer blanche d'écume, les chevaux accélèrent leur allure. Les juments d'Eumèle sont en tête, suivies de près par les étalons de Diomède. Ils sont si près d'Eumèle qu'il sent leur souffle dans son dos. Diomède aurait sans doute dépassé Eumèle si Apollon ne s'était pas fâché contre lui. Il lui fait tomber des mains son fouet étincelant. Les yeux de Diomède se remplissent de larmes de dépit quand il voit les juments d'Eumèle accélérer alors que lui n'a plus d'aiguillon pour les exciter. Mais Athéna a tout vu. Elle donne vite un fouet à Diomède et encourage les chevaux. Puis, prise d'une immense colère, elle brise le joug qui tient l'attelage d'Eumèle. Les juments continuent de courir, mais écartées l'une de l'autre ; le timon tombe sur le sol et Eumèle s'écroule par terre et se cogne contre une roue de son char qui lui écorche les coudes, la bouche, le nez et le blesse au front. Ses yeux se remplissent de larmes et il n'a plus de voix. Diomède le dépasse. [...] Il est suivi du blond Ménélas mais Antiloque lance un appel aux chevaux de son père [...] qui, effrayés par les reproches de leur guide, pressent le mouvement pendant un moment. Mais voilà qu'Antiloque aperçoit une crevasse envahie par une pluie d'orage qui s'ouvre là dans le sol, coupant et rétrécissant le chemin. C'est là que se dirige Ménélas pour éviter l'accrochage. Antiloque alors détourne ses chevaux pour suivre Ménélas qui prend peur et lui dit :

– Antiloque, tu conduis comme un fou ! Retiens donc tes chevaux : la piste est étroite. Tout à l'heure, elle sera plus large et tu pourras me dépasser. Fais attention ! Si tu heurtes mon char, tu vas nous faire du tort à tous les deux.

Mais Antiloque va encore plus vite en excitant ses chevaux avec le fouet, comme s'il n'entendait pas. [...] Le blond Ménélas lui crie alors :

– Antiloque, il n'y a pas plus nuisible que toi ! Et dire que nous te croyons raisonnable, nous les Achéens ! Quelle erreur profonde ! Mais tu auras beau faire, tu ne remporteras pas le prix sans te parjurer ! [...]

Diomède, sans relâche, fouette ses chevaux qui achèvent leur course au galop. Le cocher est couvert de la poussière qu'ils soulèvent sans arrêt. [...] On pourrait croire qu'ils volent. Diomède s'arrête au milieu du stade. Il transpire abondamment et la sueur qui perle à son cou et au poitrail des chevaux tombe sur le sol. Il saute de son char, resplendissant. Sthénélos ne perd pas de temps et saisit le prix vivement ; il donne à ses camarades la jeune femme et le trépied à anses, puis il dételle les chevaux.

Antiloque est deuxième, Ménélas troisième, Mérion quatrième et Eumèle dernier. Mais la remise des prix est contestée. Achille pense qu'Eumèle devrait avoir le deuxième prix : il est le meilleur mais a malencontreusement trébuché avec son char et ses chevaux juste avant la ligne d'arrivée. Antiloque n'est pas d'accord. Eumèle aura quand même une cuirasse en guise de compensation. Puis Ménélas conteste la victoire d'Antiloque et demande à ce dernier de jurer solennellement qu'il n'a pas usé de ruse pour entraver la course. Antiloque choisit de ne pas irriter davantage Ménélas et lui fait cadeau du cheval qu'il a gagné. Mais Ménélas ne veut pas être le moins généreux dans cette histoire et offre à son tour à Antiloque le fameux cheval. Le cinquième prix est attribué à Nestor en souvenir des funérailles de Patrocle.

Le pugilat

Achille dépose les prix du rude pugilat. Il amène et attache au milieu de l'assemblée une mule âgée de six ans encore indomptée et très dure à dresser. Et il dépose une coupe à deux anses pour le vaincu.

– Agamemnon, dit-il, et vous aussi Achéens aux bonnes jambières, j'invite à ce combat deux hommes, les meilleurs. [...]

Aussitôt, un héros noble et grand, expert en pugilat, se lève : c'est Épéios, fils de Panopée. Il pose une main sur la mule et dit :

– Qu'il vienne donc ici, celui qui gagnera la coupe à deux anses. Parce que, je vous l'affirme, aucun autre Achéen n'emmènera cette mule, je suis le meilleur et je m'en flatte. [...] Voici ce que je veux dire et qui se produira inexorablement : je lui fendrai la peau d'un coup direct et je lui broierai les os. Et surtout, que ses amis restent là tous ensemble pour l'emporter quand mes bras l'auront vaincu.

A ces mots, tout le monde reste sans voix. Seul Euryale se lève : c'est un mortel égal aux dieux qui vint autrefois à Thèbes pour les jeux funèbres d'Œdipe et y triompha. Diomède le rassure et souhaite sa victoire. Il lui passe d'abord la ceinture, puis il lui donne les courroies taillées de gros cuir. Quand tous deux ont mis leur ceinture, ils s'avancent au milieu de la lice. Ils se mettent face à face, puis lèvent leurs bras musclés et se jettent l'un sur l'autre. On entend leurs mâchoires craquer affreusement et la sueur ruisselle de tous leurs membres. Mais Épéios s'élance et, tandis que l'autre jette un regard éperdu autour de lui, il le frappe à la joue. L'autre ne tient pas bien longtemps : il s'effondre de tout son corps et, comme un poisson, il a encore un sursaut. Alors le magnanime Épéios le prend dans ses bras et le remet debout. Ses bons compagnons l'entourent et l'emmènent alors que ses jambes traînent, qu'il crache le sang et que sa tête pend sur le côté. C'est un homme qui a perdu connaissance que ses amis emportent et avec lui la coupe à deux anses.

La lutte

Pour la troisième fois, Achille dépose encore des prix pour la lutte : un grand trépied estimé à douze bœufs pour le vainqueur et une femme habile à mille travaux estimée à quatre bœufs pour le vaincu.

Puis il s'exclame :

– Debout, ceux qui veulent tenter l'épreuve !

Alors le grand Ajax, le fils de Télamon, et Ulysse aux mille ruses se lèvent en même temps. Ils se ceinturent les reins, s'avancent au milieu de la lice et s'empoignent à bras-le-corps avec leurs mains vigoureuses, tels des chevrons assemblés par un charpentier en haut d'une maison. Leurs dos craquent sous l'élan de leurs bras qui tirent durement. Ils ruissellent de sueur. Des bosses rougies de sang surgissent sur leurs flancs et leurs épaules. Ils s'acharnent avec le désir de gagner. Mais Ulysse, pas plus qu'Ajax, n'est capable de faire trébucher son adversaire et de le plaquer au sol. Ils finissent par lasser tous les Achéens aux bonnes jambières.

Le grand Ajax dit à Ulysse le rusé :

– Soulève-moi ou je te soulève. Le reste sera l'affaire de Zeus.

Aussitôt dit, Ajax tente de soulever Ulysse qui, jouant de ruse, le frappe au jarret, lui fait fléchir les jambes et le fait tomber en arrière contre sa propre poitrine. Cette fois, la foule regarde et s'émerveille. A son tour, Ulysse, héros d'endurance, tente de soulever Ajax : il le hisse un peu au-dessus du sol sans pouvoir l'y maintenir. Il lui fait alors un croc-en-jambe et les voilà tous deux qui roulent à terre l'un sur l'autre, recouverts de poussière. Une troisième fois, ils prennent leur élan pour lutter mais Achille se lève et les retient :

– N'insistez pas. Ne vous épuisez pas ainsi. La victoire vous revient à tous les deux. Recevez des prix égaux et laissez concourir d'autres Achéens.

Ajax et Ulysse obéissent avec entrain, essuient leur poussière et remettent leur tunique.

La course à pied Sans tarder, Achille dépose d'autres prix pour l'épreuve de la vitesse : un cratère en argent façonné, le plus beau du monde, qu'il offre au plus rapide, en hommage à Patrocle à qui il appartenait [...]. Le deuxième prix est un énorme bœuf et le dernier prix un demi-talent d'or.

– Debout, ceux qui veulent tenter l'épreuve !

Aussitôt Ajax, le fils d'Oïlée, Ulysse et Antiloque, de loin le meilleur des jeunes gens à la course, se lèvent. Ils se mettent en ligne et Achille leur désigne le but. Dès qu'ils ont dépassé la borne, leur allure se précipite. Ajax va droit au but, suivi de près par Ulysse [...] à tel point que ses pieds se mettent dans les pas d'Ajax avant même que la poussière ait le temps de les recouvrir. Ulysse, dans sa course effrénée, lui souffle son haleine au-dessus de la tête et tous les Achéens l'encouragent de leurs cris. Au dernier stade de la course, Ulysse prie Athéna de lui venir en aide. [...] Athéna entend sa prière. Elle assouplit ses membres et au moment où ils vont sauter sur le prix, elle fait trébucher Ajax qui glisse juste à l'endroit où s'étale la bouse des bœufs abattus en l'honneur de Patrocle par Achille. Ajax a de la bouse plein la bouche et les narines alors qu'Ulysse enlève le cratère puisqu'il est arrivé le premier. Ajax s'empare du bœuf. Il tient une des cornes et, tout en crachant la bouse, s'écrie :

– Elle m'a bien fait trébucher, la déesse qui, de tout temps, vient en aide à Ulysse comme une mère.

Tous rient de bon cœur. Antiloque, lui, prend le dernier prix en souriant :

– Encore une fois, les dieux accordent leurs faveurs aux anciens. Ajax est un peu mon aîné. Mais Ulysse appartient à la génération d'avant et on dit de lui qu'il est un « vieillard encore vert ». Et pourtant, il n'est pas facile de lutter à la course avec lui à moins d'être Achille.

C'est ainsi qu'il flatte Achille qui lui répond :

– Antiloque, tu ne m'auras pas complimenté pour rien : je te donnerai en plus un demi-talent d'or.

C'est ce qu'il fait à la grande joie d'Antiloque.

Le combat

Achille dépose à présent une longue javeline, un casque et un bouclier au milieu de la lice. Ce sont les armes que Patrocle a enlevées à Sarpédon.

– J'invite deux hommes, les meilleurs, à se disputer ces enjeux. Ils devront, en armes, s'affronter, en présence de cette foule. Je donnerai ce beau poignard à clous d'argent que j'ai enlevé à Astéropée à celui des deux qui le premier atteindra la peau, pénétrera la chair et fera couler le sang noir. Tous deux emporteront les armes de Patrocle et nous leur servirons un excellent festin dans les baraquements.

Se lèvent alors le grand Ajax, fils de Télamon, et Diomède, fils de Tydée.

Ils s'arment puis se rencontrent au centre de la lice avec des regards terrifiants. Ils marchent l'un sur l'autre et entrent en contact. Par trois fois, ils attaquent, par trois fois, ils s'élancent pour un corps à corps. Ajax pique le bouclier bien rond mais sans atteindre la peau défendue par la cuirasse. Sur quoi, Diomède cherche sans répit à toucher le cou d'Ajax, par-dessus le grand bouclier, avec la pointe de sa javeline brillante. Alors les Achéens s'inquiètent pour Ajax et demandent aux adversaires de s'arrêter et de partager le prix. Mais c'est à Diomède qu'Achille remet le grand poignard.

Le lancer du disque

Achille dépose un bloc de fer brut comme prix du lancer du disque.

– Debout, ceux qui veulent tenter cette épreuve ! Le vainqueur pourra user de ce fer cinq années pleines pour labourer.

Se lèvent alors Polypoetès, Léontée, Ajax, fils de Télamon, et Épéios. [...] Polypoetès lance le disque si loin qu'il dépasse tous ses concurrents.

Le tir à l'arc

Achille offre aux tireurs d'arc dix haches et dix doubles haches. Puis il dresse le mât d'un navire, au loin, sur le sable, et y attache une colombe craintive par la patte, avec une cordelette. Il invite les concurrents à tirer sur elle.

– Celui qui touchera la colombe emportera les doubles haches et celui qui touchera la corde, en manquant l'oiseau, emportera les haches.

Teucros et Mérion se lèvent en même temps. Ils choisissent des sorts qu'ils secouent dans un casque de bronze. Le sort désigne Teucros le premier. Il lance sa flèche de toutes se forces [...] mais il manque l'oiseau. C'est Apollon, à qui il n'a pas promis d'offrir une hécatombe d'agneaux premiers-nés, qui lui refuse le succès. En revanche, il atteint la cordelette, tout près de la patte. La flèche coupe la corde et la colombe file droit au ciel, provoquant la confusion chez les Achéens. Alors Mérion ne perd pas de temps. Il arrache l'arc de la main de Teucros, il promet à Apollon une hécatombe d'agneaux premiers-nés, il voit la colombe très haut, sous les nuages, et l'atteint sous l'aile en plein vol. La flèche la transperce et revient se ficher au sol aux pieds mêmes de Mérion tandis que la colombe se pose sur le mât. Mais son cou pend, ses ailes se recroquevillent sur elle, la vie la quitte, elle tombe loin du mât et la foule regarde ce spectacle avec stupeur. Mérion prend alors les dix doubles haches et Teucros emporte les dix haches.

Le lancer de javeline

Achille dépose au milieu de l'assemblée une longue javeline et une vasque toute neuve de la valeur d'un bœuf et ornée de fleurs. Les lanceurs de javeline, Agamemnon et Mérion, se lèvent. Mais Achille déclare :

– Agamemnon, nous savons que tu l'emportes sur tous et que tu es le meilleur pour la force et l'adresse au lancer de javeline. Prends donc ce prix et retourne vers les navires. Nous donnerons la lance à Mérion si tu veux bien, et moi, je te prie d'accepter.

Agamemnon se garde de dire non.

Chant XXIV

A la fin des jeux, chacun rejoint son baraquement mais Achille ne dort pas. Il pleure toute la nuit sur Patrocle et se souvient de tout ce qu'ils ont vécu ensemble. Au petit matin, il attelle ses chevaux et traîne Hector derrière son char trois fois autour du tombeau de son ami puis il le laisse face contre terre dans la poussière. C'est ainsi qu'Achille, furieux, outrage Hector. Mais les dieux sont émus et sont pris de pitié. Ils décident d'envoyer Hermès, leur messager, enlever le corps d'Hector outragé. Mais Héra, Poséidon et Athéna s'opposent à ce projet. Zeus demande à Iris d'aller chercher Thétis : elle doit demander à son fils d'accepter la rançon que Priam lui donnera pour le rachat d'Hector. Iris rend aussi visite à Priam et l'incite à aller en personne chez Achille réclamer le corps de son fils contre une rançon. Il doit y aller seul sur son char accompagné d'Idée, conducteur du chariot qui transporte la rançon et qui devra ramener ensuite le corps d'Hector. Hermès devrait accompagner Priam qui sera ainsi protégé. La famille et les amis de Priam s'opposent à son départ mais il n'écoute personne et part à la tombée de la nuit, après ses libations à Zeus, avec les présents pour Achille : douze superbes robes, douze magnifiques manteaux, douze tapis, douze tuniques de lin blanc, douze autres vêtements, dix

talents d'or, deux trépieds, quatre bassins et une coupe splendide. Alors qu'ils parviennent au gué du fleuve, le messager Hermès, tueur d'Argos[1], s'approche sous l'aspect d'un jeune prince et offre ses services pour les guider jusque chez Achille. Arrivés au mur, le dieu endort tous les gardiens, ouvre la porte et conduit Priam vers Achille. C'est alors qu'Hermès révèle son identité et rejoint l'Olympe.

Priam saute du char et laisse Idée garder les chevaux et les mules. Il va droit vers le baraquement d'Achille : il l'y trouve assis et seul. Ses compagnons sont assis plus loin. [...] Il vient de terminer son repas et la table est encore dressée devant lui. Personne ne voit entrer le grand Priam. Il s'arrête près d'Achille et lui embrasse les genoux, les mains – ces mains terribles, meurtrières qui ont assassiné tant de ses fils ! La stupeur s'empare d'Achille à la vue de Priam. La même stupeur saisit tous les autres qui se regardent. Priam supplie Achille en ces termes :

– Souviens-toi de ton père, Achille pareil aux dieux. Il a mon âge, il est, tout comme moi, au seuil maudit de la vieillesse. Sans doute que des voisins malveillants le tourmentent et il n'a personne près de lui pour écarter le malheur et la détresse. Mais il a, en tout cas, lui, le bonheur de savoir que tu es vivant et il espère chaque jour voir son fils

1→ Prince argien de la mythologie grecque, géant aux cent yeux dont cinquante restaient toujours ouverts. Héra lui avait demandé de surveiller Io, qui avait eu une histoire d'amour avec son mari, Zeus. Zeus chargea Hermès de libérer Io : Hermès charma, avec sa flûte, Argos qui s'endormit. Après quoi, Hermès lui trancha la tête.

revenir de Troie. Mon malheur, à moi, est total. J'ai engendré des fils vaillants dans la grande Troie et aucun d'eux ne me reste. Or ils étaient cinquante quand sont venus les Achéens. [...] Le seul qui me restait, pour protéger la ville et ses habitants, tu me l'as tué hier, tu m'as tué Hector. C'est pour lui que je viens vers tes navires, pour te le racheter. Je t'apporte une énorme rançon. Va, respecte les dieux, Achille, songe à ton père et prends pitié de moi. J'ai droit à la pitié plus que lui encore puisque j'ai osé, moi, ce qu'aucun mortel n'a osé ici-bas : j'ai embrassé les mains de l'homme qui a assassiné mes enfants.

Les paroles de Priam font naître chez Achille l'envie de pleurer sur son père. Il prend la main du vieillard et la repose tout doucement. Tous les deux se souviennent. L'un pleure longuement sur le vaillant Hector, prosterné aux pieds d'Achille, et l'autre pleure sur son père, sur Patrocle aussi. Et leurs plaintes s'élèvent à travers le baraquement. Enfin, Achille, rassasié de pleurs, se lève, prend la main du vieillard et le relève. Il s'apitoie sur cette tête blanche, cette barbe blanche, et lui dit :

– Malheureux ! Combien de peines as-tu endurées ? Comment as-tu osé venir, seul, jusqu'aux navires achéens, pour m'affronter, moi, l'homme qui t'a tué tant de vaillants fils ? Vraiment, ton cœur est de fer ! Allons, viens, prends ce siège et laissons reposer nos douleurs. Les gémissements qui glacent les cœurs ne servent à rien. Tel est le sort que les dieux ont réservé aux pauvres mortels : vivre dans le chagrin, alors qu'eux seuls échappent aux soucis. Deux jarres sont enfoncées dans le sol sur le seuil de Zeus : l'une renferme les maux, l'autre les biens qu'il nous distribue. Celui pour qui Zeus fait un mélange des deux rencontrera le malheur aujourd'hui et le bonheur demain. [...] C'est ainsi que les dieux ont fait à Pélée de splendides présents dès sa naissance. En bonheur et richesses, il surpassait tous les hommes ; il commandait aux Myrmidons et alors qu'il était un mortel, les dieux lui accordèrent une déesse pour épouse. Mais les dieux lui ont aussi infligé le malheur : pas d'enfants pour régner après lui, juste un fils, destiné à mourir avant l'heure. Et je ne suis pas là pour l'assister dans sa vieillesse. Loin de ma patrie, je reste en Troade à te désoler, toi et tes enfants. Et toi aussi, vieillard, tu as été heureux autrefois, nous le savons bien. Tu l'emportais sur tous par ta richesse et le nombre de tes enfants dans le pays délimité par Lesbos, la Phrygie et l'Hellespont. Et voici que les dieux ont fait venir le malheur sur toi. Partout, autour de Troie, ce ne sont que batailles et tueries. Va, subis ton sort, ne te lamente pas sans répit. Il ne sert à rien de pleurer sur ton fils : tu ne le ressusciteras pas et tu risques d'attirer sur lui un nouveau malheur.

Le vieux Priam répond ainsi :

– Ne me fais pas asseoir, enfant de Zeus, alors qu'Hector est toujours étendu chez toi, dans l'indifférence générale. Rends-le-moi vite qu'enfin je puisse le voir de mes propres yeux et accepte la grosse rançon que nous t'apportons. Mets-la à profit et rentre dans ta patrie pour m'avoir laissé vivre.

Achille lui jette un regard noir et lui dit :

– Ne m'irrite plus à présent, vieillard. J'ai l'intention

moi-même de te rendre Hector. En effet, ma mère est venue me voir, en messagère de Zeus. Et j'ai assez de bon sens pour savoir que c'est un dieu qui t'a conduit jusqu'ici. Nul mortel n'oserait venir dans notre camp, même en pleine santé, nul n'échapperait à mes gardes, nul ne saurait déplacer facilement la barre de ma porte. Ne m'énerve donc pas davantage alors que je suis en deuil. Sans quoi, vieillard, je pourrais ne plus accepter ta présence chez moi et violer l'ordre de Zeus.

Le vieillard prend peur à sa voix et obéit. Cependant, Achille bondit, tel un lion, hors de chez lui. Deux écuyers, Automédon et Alcime, le suivent. Ils détellent du joug chevaux et mules, font entrer Idée et lui offrent un siège. Les écuyers enlèvent du chariot l'énorme rançon mais laissent deux manteaux de lin et une jolie tunique dont Achille veut envelopper Hector pour son retour. Achille appelle les captives et leur ordonne de laver et d'huiler le corps d'Hector mais à l'écart de Priam : il a peur qu'à la vue de son fils, le vieillard ne puisse maîtriser sa colère et que lui-même, furieux, n'en arrive à le tuer, violant ainsi l'ordre de Zeus. Lorsque les captives ont lavé et enduit d'huile le corps d'Hector, qu'elles l'ont enveloppé de la jolie tunique et du beau manteau, Achille le soulève, en personne, et le dépose sur un lit que ses camarades portent sur le chariot. Alors Achille sanglote et s'adresse à son ami :

– Ne m'en veux pas, Patrocle, si au fond de l'Hadès tu apprends que j'ai rendu Hector à son père contre une honorable rançon. Je t'en donnerai la part qui te revient.

Achille retourne à son baraquement, s'assied contre le

mur du fond sur le siège joliment façonné et dit à Priam :

– Je t'ai rendu ton fils, vieillard, comme tu me l'as demandé. Il est étendu sur un lit. A l'aube, tu pourras le voir et l'emmener. A présent, pensons au repas du soir. Même Niobé[1], qui avait vu périr ses douze enfants dans sa maison, a pensé à manger. [...] Tu pourras pleurer ton fils plus tard, quand tu l'auras ramené à Troie.

Achille se lève aussitôt et égorge une brebis blanche. Ses compagnons la dépècent et la préparent suivant les règles. Ils la coupent en morceaux qu'ils embrochent et les font rôtir. Enfin, ils les retirent du feu. Automédon répartit du pain sur la table dans de belles corbeilles tandis qu'Achille partage la viande. Tous les convives tendent les mains vers les nourritures de choix préparées et servies. Quand ils sont désaltérés et rassasiés, Priam se prend d'admiration pour Achille, grand, beau, pareil à un dieu. Achille, lui aussi, admire Priam. Il contemple sa fière allure, il écoute sa voix. Puis, après qu'ils se sont longuement regardés, le vieux Priam, semblable aux dieux, prend la parole le premier :

– Donne-moi un lit maintenant au plus vite afin que nous nous endormions rapidement. Je n'ai pas fermé l'œil depuis le jour où tu as pris la vie de mon fils. Je ne fais que gémir et ruminer mon chagrin. Je me roule par terre au milieu de ma cour. Je n'ai rien mangé ni bu jusqu'à aujourd'hui.

1→ Dans la mythologie grecque, Niobé est la fille de Tantale et l'épouse d'Amphion, roi de Thèbes, dont elle eut sept fils et sept filles. Elle se vantait d'être supérieure à la déesse Léto qui n'avait eu que deux enfants. Les jumeaux de Léto, Apollon et Artémis, vengèrent leur mère de cette offense en tuant douze des enfants de Niobé à coups de flèches.

Achille ordonne aussitôt à ses compagnons et à ses captives de mettre des lits sous le portique, d'y déposer de belles couvertures de pourpre, d'étendre des tapis dessus et de mettre sur le tout des manteaux de laine pour se couvrir. Les captives sortent de la pièce, une torche à la main, et préparent deux lits rapidement. Achille s'adresse à Priam :

– Tu coucheras dehors, cher vieillard, car j'ai peur qu'un Achéen qui a voix au Conseil et a coutume de venir chez moi sans prévenir ne t'aperçoive et aille le dire à Agamemnon. Mais réponds-moi franchement : combien de jours désires-tu pour les funérailles du divin Hector ? Pendant ce temps, je resterai tranquille et retiendrai l'armée.

– Si tu consens que j'achève les funérailles du divin Hector, Achille, répond Priam, tu me feras un immense plaisir. Tu sais que nous sommes bloqués dans la ville, loin de la montagne dont on ramène le bois et que les Troyens sont morts de peur. Il nous faudrait neuf jours pour pleurer Hector dans le palais. Le dixième jour, nous l'ensevelirions, puis notre peuple s'assiérait au banquet funèbre. Le onzième jour, nous lui élèverions un tombeau et le douzième, nous serons prêts à nous battre, s'il le faut.

– Il sera fait selon tes désirs, vieux Priam, réplique Achille, et je suspendrai la bataille aussi longtemps que tu le veux.

Alors Achille prend la main du vieillard en la tenant par le poignet, afin qu'il n'ait plus peur. Bientôt, Priam et son héraut[1] s'endorment sous le portique, pleins de sages pen-

1→ C'est un messager, un serviteur des rois qui officie lors des sacrifices et des libations.

sées. Achille dort tout au fond de son baraquement avec la jolie Briséis étendue à ses côtés.

Le retour de Priam à Troie

Dieux et hommes dorment toute la nuit sauf Hermès. Il pense au moyen de conduire Priam loin des navires sans être vu des gardes. Il se dresse donc au-dessus de Priam et lui dit :

– Vieillard, tu n'as pas peur de dormir au milieu des ennemis depuis qu'Achille t'a épargné ? Tu as racheté ton fils et tu l'as payé assez cher. Mais si l'on te prend vivant, c'est une rançon trois fois plus élevée qui sera exigée, si Agamemnon apprend que tu es là et avec lui tous les autres Achéens.

Le vieillard prend peur et fait lever son héraut. Hermès attelle leurs mules et leurs chevaux et les conduit en vitesse à travers le camp sans que personne ne les reconnaisse. Hermès rejoint l'Olympe dès qu'ils ont atteint le gué du beau Xanthe aux eaux tourbillonnantes, et tandis qu'Aurore en robe de safran s'épand sur toute la terre, ils dirigent leurs chevaux vers la ville en gémissant et en sanglotant. Les mules, elles, portent le corps d'Hector. Personne ne les reconnaît sauf Cassandre[1], pareille à l'Aphrodite d'or. Elle est montée à l'acropole et aperçoit son père, debout sur son char, le héraut et Hector, étendu sur le lit que portent les mules. Elle gémit et clame par toute la ville :

– Venez, Troyens, vencz Troyennes, venez voir Hector.

1→ Fille de Priam et d'Hécube, elle a hérité d'un don de prophétie. C'est elle qui va s'opposer à l'entrée du cheval de bois dans Troie et qui prédira la chute de Troie mais on ne l'écoutera pas.

Venez, si jamais vous étiez heureux de le voir rentrer vivant du combat, venez le voir, lui qui était la plus grande joie de sa cité, de tout un peuple.

Alors plus personne ne reste dans la ville : les Troyens sont en proie à une douleur intolérable et vont à la rencontre de ceux qui ramènent le corps. L'épouse et la mère sont là les premières, et elles s'arrachent les cheveux, se jettent sur le chariot, touchent la tête du mort. La foule les entoure, en pleurs. Les Troyens auraient sangloté devant les portes jusqu'au coucher du soleil si, du haut de son char, le vieillard n'avait dit aux gens :

– Laissez-moi donc passer avec les mules. Vous aurez tout le loisir de pleurer, quand j'aurai ramené Hector à la maison.

Tous s'écartent donc, et Priam ramène son fils dans sa noble demeure, le dépose sur un lit ajouré et place tout autour des chanteurs experts pour guider le thrène[1]. Ils chantent avec des sanglots et les femmes répondent de même. C'est Andromaque qui donne aux femmes le signal des plaintes funèbres. Elle tient la tête d'Hector entre ses mains.

– Mon époux, tu meurs bien jeune, me laissant veuve à la maison. Et il est bien jeune aussi le fils que toi et moi avons mis au monde, malheureux que nous sommes ! Et je ne pense pas qu'il vivra jusqu'à l'adolescence car cette ville sera détruite bien avant, de fond en comble, à présent que tu es mort, toi, son défenseur, toi qui la protégeais, qui

1→ Chant funèbre accompagné de danses en l'honneur d'un mort illustre.

gardais en vie femmes et enfants. Bientôt les femmes seront emmenées sur les navires et moi avec elles. Et toi aussi, mon fils, ou bien tu me suivras pour servir en esclave comme moi un maître cruel, ou bien un Achéen te prendra par la main et, destin pitoyable, te jettera du haut de nos remparts, pour se venger d'Hector qui lui aura tué un frère, un père, un fils ; car ils sont nombreux les Achéens qui ont mordu la poussière sous les coups d'Hector. Il n'était pas tendre, ton père, pendant l'affreux combat ! Voilà pourquoi nos gens le pleurent à travers la ville, voilà pourquoi, Hector, tu n'as laissé que gémissements et deuils abominables à tes parents, voilà pourquoi je n'aurai rien de toi, rien, sinon une horrible souffrance. Tu ne m'auras pas tendu les bras avant de mourir, sur ton lit de mort, tu ne m'auras pas dit une de ces paroles importantes que j'aurais pu me rappeler jour et nuit en pleurant.

Elle sanglote et les femmes lui font écho. Hécube donne le signal d'une longue plainte :

– Hector, toi, le préféré de mes enfants, je sais que les dieux te chérissaient de ton vivant et ils s'inquiètent de toi encore à présent. Mes autres enfants, Achille les a vendus par-delà la mer, après les avoir pris. Mais toi, il t'a traîné cent fois autour de la tombe de son ami Patrocle que tu lui as tué et qu'il n'a pas ressuscité pour autant. Et te voilà aujourd'hui, étendu là, dans ta maison, le teint frais comme si la vie venait juste de t'abandonner.

Ses paroles provoquent des pleurs sans fin. A son tour Hélène veut s'exprimer :

– Hector, tu étais mon beau-frère préféré et de loin. Je

n'oublie pas que mon époux Pâris m'a emmenée à Troie – j'aurais dû mourir avant! – il y a vingt ans déjà et tu n'as jamais eu un mot méchant ou amer à mon égard. Au contraire, [...] tu empêchais les critiques de ma belle-famille avec des paroles douces et apaisantes. Je pleure donc à la fois sur moi et sur toi car désormais personne ne me témoignera la moindre pitié dans la vaste Troade : je fais horreur à tout le monde.

En l'écoutant, toute la foule gémit.

Alors le vieux Priam parle à son peuple :

– Troyens, allez chercher du bois et n'ayez pas peur d'une embuscade argienne. Achille m'a promis qu'il ne vous ferait aucun mal avant le douzième jour.

Les funérailles d'Hector

Les Troyens attellent bœufs et mules aux chariots et s'assemblent sans tarder devant la ville. Pendant neuf jours, ils rapportent du bois en masse. Le dixième jour, ils procèdent au convoi en sanglotant puis ils déposent le mort au sommet du bûcher et y mettent le feu. Et quand Aurore aux doigts de rose apparaît, le peuple se rassemble autour du bûcher de l'illustre Hector. Les Troyens l'éteignent avec du vin aux reflets flamboyants puis les frères et les amis recueillent les ossements blancs, en pleurant, les joues inondées de larmes. Ils déposent ces ossements dans un coffret d'or qu'ils enveloppent d'étoffes de pourpre moelleuses. Puis ils mettent rapidement le coffret au fond d'une fosse qu'ils recouvrent de larges pierres et qu'ils se hâtent de combler avec de la terre. Ils placent des gardes tout autour, de peur que les Achéens aux bonnes jambières ne donnent l'assaut. Quand la terre répandue a formé un tombeau, ils retournent à la ville où, rassemblés comme c'est la coutume, ils s'asseyent pour prendre part à un banquet glorieux dans la demeure de Priam, leur roi issu de Zeus. C'est ainsi qu'ils célèbrent les funérailles d'Hector, dompteur de chevaux.

C'est ainsi que se termine l'*Iliade*. Le cheval de Troie ne fait pas partie de l'*Iliade* mais de l'*Odyssée*, autre grand poème homérique qui raconte le retour d'Ulysse.

Cet épisode est raconté brièvement dans le chant VIII de l'*Odyssée*, que voici :

Odyssée, chant VIII

Ulysse, qui n'a pas dévoilé son identité, se retrouve invité à un festin dans le palais d'Alkinoos. Ulysse, plein de ruses, demande à l'aède Démodocos, invité lui aussi, de lui raconter l'histoire du cheval de Troie.

– Démodocos, je t'estime bien au-dessus de tous les mortels. Ou bien c'est la fille de Zeus, la Muse, qui t'a enseigné le chant ou bien c'est Apollon car tu chantes si bien le malheur des Achéens, leurs exploits, leurs douleurs, leurs travaux, qu'on dirait que tu y as assisté. L'as-tu vu de tes propres yeux ou as-tu entendu le récit d'un témoin ? Mais continue et chante-nous l'histoire du cheval de Troie qu'Épéios construisit avec l'aide d'Athéna et que, par ruse, l'illustre Ulysse introduisit dans l'acropole après l'avoir rempli d'hommes qui mirent Troie à sac. Si tu contes cette histoire dans le détail exact, je proclamerai aussitôt devant tous les hommes que c'est un dieu protecteur qui te dicte ce chant divin.

A peine a-t-il fini de parler que l'aède, inspiré par un dieu, commence à dérouler son chant. Il prend la scène au moment où les Argiens s'en vont sur leurs navires après avoir incendié leurs baraquements. Les autres, enfermés dans le cheval aux côtés du glorieux Ulysse, sont déjà sur l'agora des Troyens car les Troyens eux-mêmes l'ont tiré dans leur acropole. Le cheval se dresse là et les Troyens, autour de lui, n'en finissent pas de discourir sans trouver de solution parmi les trois suggestions : ou bien percer le bois creux à l'aide d'un bronze impitoyable, ou le précipiter du haut des rochers après l'avoir tiré jusqu'au sommet, ou l'accepter comme une offrande propre à charmer les dieux. Ils choisissent la dernière solution. La ruine de Troie était fatale, de toute façon, dès lors que la cité accueillait en ses murs le grand cheval de bois où tous les Argiens les plus vaillants étaient embusqués, porteurs de meurtre et de mort.

L'aède chante aussi comment la ville fut ravagée par les

fils des Achéens jaillis du cheval après avoir quitté leur embuscade creuse.

Il chante comment chaque guerrier pille un coin de l'acropole, puis comment Ulysse, accompagné de Ménélas, est allé, tel Arès, droit chez Déiphobe. C'est là qu'il avait vécu son plus terrible combat et qu'il avait gagné grâce à Athéna.

Tels sont les exploits que l'aède chante tandis que les larmes inondent le visage d'Ulysse. Nul ne s'en aperçoit excepté Alcinoos qui dit aux Phéaciens :

– Écoutez, guides et conseillers. Que Démodocos arrête son chant car ces chants ne plaisent peut-être pas à tous ! Depuis le début du festin, notre invité ne cesse de gémir tristement, il a l'air de souffrir horriblement. [...] Dis, pourquoi tu pleures et gémis quand tu entends chanter les malheurs des Danaens d'Argos et d'Ilios ? C'est l'œuvre des dieux. Ce sont eux qui ont tramé la mort de ces hommes afin que les générations à venir y puisent des chants. As-tu perdu quelque parent courageux devant Troie, ou bien un compagnon valeureux qui t'aimait ? [...]

Que sont nos héros devenus ?

Nous connaissons par l'*Iliade* le sort de Patrocle et d'Hector. Mais c'est dans d'autres ouvrages et en particulier dans *Éthiopide* (VIIe siècle av. J.-C.) que nous savons ce que sont devenus les autres héros ayant pris part à la guerre.

Pâris, aidé par Apollon, tue **Achille** d'une flèche au talon.

Ajax, fils de Télamon, se tue de désespoir car c'est Ulysse qui hérite des armes d'Achille.

Andromaque devient l'esclave du fils d'Achille, Pyrrhus.

Priam est égorgé et presque tous ses enfants sont massacrés.

Énée fuit Troie, en portant son père Anchise sur ses épaules. Il va jusqu'en Italie où, selon la légende et les poètes (cf. l'*Énéide* de Virgile), il fonde la nation romaine.

A l'exception de Nestor, les héros grecs connaissent des retours difficiles ou tragiques. Ils semblent accablés par le malheur.

Ajax, fils d'Oïlée, est foudroyé sur un rocher.

Ménélas, qui a repris Hélène, va errer huit ans avec elle avant de rentrer à Sparte.

Agamemnon, de retour à Mycènes, est massacré dans son bain par sa femme Clytemnestre et son amant Égysthe. Elle ne lui a pas pardonné le sacrifice de leur fille Iphigénie.

Ulysse met dix années, riches d'aventures prodigieuses, pour rentrer à Ithaque et retrouver Pénélope : Homère nous raconte son retour dans l'*Odyssée*.

NOTE DU TRADUCTEUR

Donner envie de lire l'*Iliade*, c'est le pari de ce travail. Cette traduction actualisée mais très fidèle au texte grec et les extraits choisis devraient rendre accessible à un large public l'histoire de la guerre de Troie.

Il m'a fallu consentir à quelques sacrifices. Je ne me suis pas attachée à restituer la poésie du texte. Je n'ai gardé des fameuses épithètes homériques[1] que les plus usuelles, les plus parlantes. J'ai singulièrement raccourci les comparaisons car elles seraient un frein à la lecture. Homère compare ses héros à des animaux dont il décrit le comportement durant plusieurs dizaines de vers parfois, puis revient à ses héros, alors éclairés autrement. J'ai donc gardé ces comparaisons, précieuses pour le sens, en les resserrant.

Homère se sert de deux noms pour qualifier la cité troyenne : Troie et Ilion. J'ai choisi le seul nom de Troie afin que la lecture ne soit pas brouillée. J'ai fait de même pour Pâris alors qu'Homère utilise indifféremment Alexandre ou Pâris pour le même héros.

Certains passages sont d'une cruauté absolue dans la narration des combats. Il ne m'a pas semblé judicieux de les traduire systématiquement, sous peine de tomber dans la complaisance. D'autant que les mêmes actes se répètent, d'un chant à l'autre, jusque dans la forme.

J'ai choisi de supprimer plusieurs pages et de les résumer

1→ Expressions poétiques qui caractérisent un héros ou un dieu et qui sont répétées presque à chaque fois que le héros ou le dieu est cité.

car leur contenu est trop complexe à cause de certaines références, ou trop répétitif, ou inutile pour une lecture active et suivie.

J'ai essayé de privilégier dans cette histoire de guerre tout ce qui se référait à la condition humaine, aux sentiments, tout ce qui traitait de la famille, de l'amitié, de l'amour, du courage, des valeurs universelles.

TABLE DES MATIÈRES

TABLE DES ILLUSTRATIONS ET CRÉDITS PHOTOGRAPHIQUES

Couverture

1er plat Jacques Louis David, *Les Amours de Pâris et Hélène* (détail). © Photo RMN /Christian Jean

2ème plat Illustration de Clotilde Perrin

Pin parasol et plantation d'oliviers © Sandro Vannini/CORBIS

Cheval de Troie (détail). © Akg-images.

1 Le départ en char d'Iolas, assité d'Athéna pour les jeux donnés en l'honneur de Pélias. In *Les vases peints du musée de Leyde par Roulez*, 1854. © The Art Archive / Bibliothèque des Arts Décoratifs Paris / Dagli Orti. **2** Calliades (potier), Coupe attique à figures rouges : duel de Ménélas et Pâris Vers 490-480 av. J.C. Paris, musée du Louvre.© Photo RMN - ©Hervé Lewandowski. **3** Peintre de Diosphos, Lécythe à figures noires sur fond blanc : le cadavre d'Hector est traîné par Achille dans son char. Paris, musée du Louvre. © Photo RMN /Hervé Lewandowski.
4 Réplique du discobole de Myron provenant de la villa Palombaro à Rome, IIe s., marbre, Musée national romain © The Art Archive / Dagli Orti. **5h** Lutteurs, mosaïque romaine provenant de Gightis (Tunisie), IIIe s., Musée du Bardo, Tunis. © The Art Archive / Dagli Orti. **5b** Légende : L'Aurige de Delphes,(détail).bronze, vers 470 av. J.-C. Musée de Delphes.© Akg-images / John Hios. **6** École de Avelli Xanto Francesco (actif vers 1530/1540). Plat à bassin creux *Priam rachetant le corps d'Hector*, faïence, Urbino. Sèvres, musée national de Céramique © Photo RMN /Martine Beck-Coppola. **7** *Cheval de Troie*, in "Receuil des Hystoirs troyennes" de Raoul le Febvre, 1464, enluminure, Paris, Bibliothèque Nationale. © Akg-images.
8-9 Giulio Romano (1499-1546), *Scène de bataille*, fresque, Salle de Troie, Palais Ducal, Mantoue. © Scala Archives. **10-11** Gian Battista Tiepolo (1692-1770), *Briséis amenée à Agamemnon*, fresque, Villa Valmarana, Italie. © The Art Archive / / Dagli Orti. **12** Gustave Moreau (1826-1898), *Hélène sur les murs de Troie et à ses pieds deux personnages*, mine de plomb et aquarelle vernie. Paris, musée du Louvre, D.A.G. (fonds Orsay). © Photo RMN /Jean-Gilles Berizzi. **13** Jacques Louis David (1748-1825), *Les Amours de Pâris et Hélène*, huile sur toile, 1789. Paris, musée du Louvre © Photo RMN /Christian Jean. **14** « La belle Hélène », mise en scène de Pelly, Théâtre du Châtelet, Paris, en 2000. © Colette MASSON. **15** « Troie », film réalisé par Wolfgang Petersen en 2004 © Collection Christophe L. **16** Film « Troie », réalisé par Wolfgang Petersen en 2004 © Collection Christophe L.

Avec la participation de Pierre Jaskarzec pour les annexes et le cahier illustré.

Loi n° 49-956 du 16 juillet 1949
sur les publications destinées à la jeunesse
ISBN 2-07-050900-1
Numéro d'édition : 131063
Numéro d'impression : 80635
Dépôt légal : août 2006
Imprimé en France sur les presses de la Société Nouvelle Firmin-Didot